세상에서 가장 귀한 화물

La plus précieuse des marchandises

세상에서
가장
귀한 화물

장-클로드 그럼베르그 지음 / 김시아 옮김

여유당

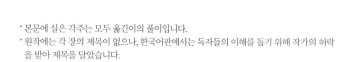

* 본문에 실은 각주는 모두 옮긴이의 풀이입니다.
* 원작에는 각 장의 제목이 없으나, 한국어판에서는 독자들의 이해를 돕기 위해 작가의 허락을 받아 제목을 달았습니다.

"오랜 역사 속에서 모든 야만적인 것과 싸워 온 민족,
그 민족의 언어로 번역된 나의 책을 한국 독자들이
읽을 수 있게 되어 무척 기쁩니다."

Jean-Claude Grumberg

차례

1.
깊은 숲속

Au fond des grands bois

옛날, 아주아주 커다란 숲속에 가난한 여자 나무꾼과 가난한 남자 나무꾼이 살았어요.

아니, 아니에요. 「엄지 동자」 이야기가 아니에요. 정말 아니에요. 나도 여러분처럼 그런 말도 안 되는 이야기는 이제 싫어요. 먹일 게 없다고 자기 아이를 버리는 부모가 세상에 어디 있겠어요. 여러분은 본 적 있나요?

자, 그럼 들어 보세요.

아주아주 커다란 숲속은 엄청난 배고픔과 추위로 가득

했어요. 겨울엔 더욱더 배가 고프고 추웠어요. 여름이 되면 숨 막히는 더위가 숲을 덮쳐 추위를 몰아냈지만, 배고픈 건 여전했어요. 특히 숲 근처에서 세계 전쟁이 벌어지고 있던 때라 더욱 그랬지요.

세계 전쟁이냐고요? 네. 맞아요, 맞아! 세계 전쟁이 한창이던 때였어요.

가난한 남자 나무꾼은 돈벌이가 형편없었어요. 도시와 마을, 들판과 숲을 점령한 정복자들이 벌인 공공사업에서 일하고 쥐꼬리만큼 받는 게 전부였거든요. 그래서 가난한 여자 나무꾼은 궁핍한 살림에 조금이라도 보태기 위해 부지런히 움직였어요. 새벽부터 해 질 녘까지 숲속 여기저기를 누비고 다녔지요.

어떤 불행은 다행일 때도 있어요. 나무꾼 부부에게는 키워야 할 아이들이 없었거든요.

가난한 남편 나무꾼은 이러한 은총에 대해 매일매일 하늘을 향해 감사를 드렸어요. 하지만 가난한 여자 나무꾼은 남몰래 한숨을 쉬었어요. 키울 아이가 없다는 건 사랑할 아이 또한 없다는 뜻이니까요.

그래서 하늘과 신들, 바람과 비, 나무와 태양에게 빌었어요. 반짝이는 나뭇잎 사이로 햇살이 요정처럼 빛날 때도 기도했고요. 전능하신 하늘과 자연의 모든 신들에게 아이를 가질 수 있는 은총을 내려 달라고 간절히 기도했어요.

점점 나이가 들면서 가난한 여자 나무꾼은 생각했어요. 아이가 없는 건 하늘과 땅과 요정들이 가난한 남편 나무꾼과 힘을 합쳤기 때문일 거라고요. 그래서 이때부터는 추위와 배고픔을 없애 달라고 기도했어요. 아침부터 저녁까지, 그리고 한밤중에도 한낮처럼 배가 고파 견디기 힘들었거든요.

가난한 남자 나무꾼은 늘 새벽에 일어났어요. 모든 시간과 노동력을 군대 건물을 짓는 공공사업에 쏟아부어야 했지요.

앞에서 이야기했듯이, 가난한 여자 나무꾼은 바람이 부나, 비가 오나, 눈이 내리나, 숨 막히게 더운 날에도 숲속을 이리저리 누비고 다녔어요. 그러면서 잃어버린 보석을 찾기라도 하듯, 잔가지와 마른 나뭇조각을 주워 가지런히 정리했어요. 아침에 가난한 남편 나무꾼이 일터로 가며 드문드문 놓아둔 덫도 거둬들였고요.

여러분도 알겠지만, 가난한 여자 나무꾼이 할 수 있는 일거리라곤 아주 조금밖에 없었어요. 그녀는 고픈 배를 움켜

쥐고 걸으며 머릿속으로 소원을 떠올렸어요. 하지만 어떻게 표현해야 좋을지 몰라, 단 하루라도 좋으니 배고프지 않게 해 달라고 빌며 만족할 따름이었어요.

그의 숲이자 그녀의 숲인 이 거대한 숲은 추위와 배고 픔에도 넓고 빽빽하게 펼쳐져 있었어요. 세계 전쟁이 시작된 뒤로 징집당한 남자들은 철도를 놓기 위해 이 숲에 구멍을 냈어요. 강력한 기계를 이용해 길고 긴 구멍을 뚫었어요. 곧이어 일 년 내내 열차가 지나갔어요. 하나뿐인 철길 위로 하나뿐인 열차가 지나가고 또 지나갔어요.

가난한 여자 나무꾼은 열차가 지나가는 걸 바라보는 게 좋았어요. 열차를 보며 들떠서는 배고픔과 추위와 외로움에서 벗어날 수 있는 여행을 상상하곤 했어요.

그리고 차츰차츰 열차가 지나가는 시간에 맞춰 자신의 삶을 꾸려 갔어요.

근사한 열차는 아니었어요. 나무로 만든 아주 단순한 열차로, 객차마다 창살 달린 작은 창 같은 게 나 있었어요. 하지만 다른 열차라고는 한 번도 본 적이 없는 가난한 여자 나무꾼은 그 기차가 마냥 좋았어요. 특히 열차에 대해 이것저것 묻자, 그건 화물 열차라고 남편이 말해 준 뒤론 열차가 마음에

쏙 들었어요.

'화물'이라는 단어에 가난한 여자 나무꾼은 왠지 마음이 끌려 더 많은 상상을 했어요.

"화물이라니!"

화물 열차라면 열차 칸마다 식량, 옷, 물건 들이 가득할 거라고 생각했어요. 열차는 이런 쓸모 있는 화물들을 가득 싣고 달리는 거라고 생각한 거예요.

조금씩 조금씩 희망이 솟아났어요. 어느 날, 어쩌면 내일, 아니면 그 다음다음 날 언제라도, 열차가 지나가면서 굶주린 그녀를 불쌍히 여겨 값진 화물들 중 하나를 던져 줄지 모르니까요.

곧 그녀는 할 수 있는 만큼 가까이 다가가 열차를 불렀어요. 온몸으로 외치고 목청껏 애원했어요. 너무 멀리 있어 열차가 지나가기 전에 도착하기 힘들 때에는 그저 열차를 향해 손을 흔들었고요.

드디어 이따금씩 창문들 중 하나에서 손 하나가 나와 화답했어요. 또한 이따금씩 그녀의 소원대로 손들 중 하나가 무엇인가를 던졌어요. 그러면 그녀는 열차와 그 손을 향해 고마워하며 달려가 얼른 주웠어요.

그것들은 대부분 종잇조각이었어요. 하지만 그녀는 접힌 종이를 정성스럽게 펼쳤고, 다시 되접기 전에 한없이 경건한 마음으로 종잇조각을 가슴에 품었어요. 머지않아 정말로 선물이 올지도 모르잖아요.

　　열차가 지나간 뒤로도 가난한 여자 나무꾼은 오랫동안 종이를 펼쳐 보곤 했어요. 밤이 찾아올 때나, 너무너무 배가 고플 때나, 추위가 더한층 살을 에일 때면, 마음을 다잡기 위해 종교적이고 경건한 마음으로 종이를 다시 펼쳤어요. 그리고 의미를 알 수 없는, 급히 휘갈겨 쓴 글씨를 바라보았어요.

　　그녀는 그 어떤 언어도 읽거나 쓰는 법을 몰랐어요. 착한 남편은 글자를 조금 알았지만, 남편 또는 그 누구와도 열차가 준 것에 대해 이야기하고 싶지 않았어요.

2.
운명

Un destin

바닥에 짚이 깔린 가축용 객차, 그런 객차로 연결된 화물 열차를 봤을 때부터 그는 행운이 비껴가리라는 걸 눈치 챘어요. 하지만 피티비에*에서 드랑시**에 이르기까지 그와 가족은 적어도 헤어지지 않는 행운을 누렸어요. 다른 사람들은 불행하게도 차례차례로 떠났어요. 그들이 어디로 가는지, 어디에서

---

* 프랑스 파리 남쪽 루아르 강이 흐르는 상트르발드루아르 지방의 루아레 주에 있는 마을. 2차 세계 대전 당시 나치 독일에 협력한 비시 정부Vichy France 시기에 수용소가 있었다.
** 파리 북쪽에 위치한 광역도시 중 하나로 1941년부터 1944년까지 유대인을 나치의 수용소로 보내기 위한 집합소가 있었다. 당시 거의 모든 수용자가 수송 열차에 실려 폴란드에 있는 아우슈비츠 수용소로 보내졌다.

함께 있게 될지 아무도 알지 못했어요. 그러니 귀여운 쌍둥이 남매, 앙리와 로즈라고 부르는 에르셀과 루렐이 함께 있다는 사실 자체가 신의 자비심 덕분이라고 생각했지요.

쌍둥이는 정확히 1942년 봄, 아주 불행한 시기에 태어났어요.

유대인 아이가 세상에 태어날 때인가요? 게다가 한꺼번에 둘씩이나 '행운'의 노란 별을 달고 태어나게 놔두어야 하는 걸까요? 그럼에도 드랑시 수용소에서 그와 가족이 1942년 크리스마스를 함께 보낼 수 있었던 건 순전히 쌍둥이 덕분이었어요.

심지어 '행운'의 별들과 유대인 수용소를 관리하는 기관에서는 그에게 일자리까지 찾아 주었어요! 그는 의과대 졸업을 앞두고 있었어요. 눈·코·목·귀 전문 외과였죠. 그러나 드랑시에는 의사들이 많다고 했어요. 환자들도 많고요. 정말로 유대인이 있는 곳 어디에나 의사들이 많았고, 환자들은 더욱 많았어요. 그러나 두 명의 이발사가 떠나간 뒤로는…….

이발사라고요?

이발사로 결정!

반박할 필요도 이해하려고 애쓸 필요도 없었어요. 이해

할 수 있는 게 아무것도 없었으니까요.

프랑스 경찰들이 유대인을 감시했고, 그는 감시를 받으며 유대인들 머리를 깎았어요. 예전에 아버지가 머리를 깎아줄 때가 떠올랐어요. 머리를 밀기 전에 가위를 흔드는 걸 본적 있는 그는, 이발을 시작하기 전 허공에 대고 가위를 달가닥거렸어요. 손님에게 이제 머리를 자를 거라고 예고하듯이요. 그러고는 곧바로 목을 단단히 고정시키고 작은 면도솔로 곤두선 머리털을 단번에 쓸어내렸어요. 전문 이발사들조차 그의 솜씨를 칭찬할 정도였지요.

그러나 경찰이 독일군으로 대체되고 호명 담당자들과 몇몇 수용자들이 떠난 뒤, 그는 절망한 손님들에게 거짓말을 하고 또 해야만 했어요.

"괜찮아요, 괜찮아요. 괜찮아질 거예요. 나아질 거예요……."

그래요. 1942년 봄이었어요. 쌍둥이라는 사실을 알지 못한 채 아기를 지우려고 했었지요. 하지만 그의 아내는 심사숙고 끝에 아이를 낳겠다고 했어요. 유대인이라고 낙인찍힌 작은 생명 둘을 세상에 태어나게 한 것이죠. 태어나면서부터 기재되고, 분류되고, 조사당하고, 쫓기는 딸과 아들은 이미 모든 걸 안다는 듯, 모든 걸 이해한다는 듯, 고통스럽게 울부짖었어요.

"아빠 눈을 닮았구나."

아기들의 엄마 디나가 말했어요. 맞는 말이었어요. 아기들의 첫 울음은 굉장했어요. 쌍둥이의 하나뿐인 엄마는 젖과 희망이 넘쳐 나서 금세 아기들을 조용히 잠재웠어요. 합창으로 울던 쌍둥이는 이내 울음을 멈추었고, 마침내 편안해져서 꿈꾸듯 젖을 계속 빨았어요.

오트빌 단지 샤브롤* 거리에 있는 작고 조용한 산부인과에서 이 아기들을 보살펴 주겠다고 제안했어요. 확실한 가족에게 맡기겠다면서요.

어떤 가족이 '확실한' 가족일까요?

"세상에 자기 엄마 아빠가 있는 가족보다 더 확실한 가족이 있나요?"

디나는 쌍둥이를 가슴에 꼭 끌어안으며 단호히 외쳤어요. 가난해도, 드랑시에 있어도, 네 명을 먹일 수 있을 만큼 모유가 충분할 거라고 사람들은 말했어요. 그녀는 젖과 사랑과

---

* 기차역 동역에서 가까운 파리 10구에 있는 거리.

믿음이 넘쳐 났어요. 하느님이 아이들이 잘 자라도록 도와줄 생각도 없이 귀여운 아기 천사를 둘이나 세상에 태어나게 했겠어요?

그런데 지금 디나는 요동치는 열차에서, 지푸라기 위에서, 먹일 모유도 없이 두 아기를 꼭 끌어안고 있어요. 드랑시에서는 모유가 충분했고, 자신감과 믿음도 있었어요.

하지만 이곳 무리 속에서, 걱정과 외침과 눈물이 넘치는 이곳에서, 아기들의 아버지이자 남편이며 아직 의사가 되지 못한 어설픈 이발사이자 태생부터 유대인인 그는, 가족을 보호할 장소를 찾고 있을 뿐이었어요. 그러다가 여행 동반자들을 뚫어져라 관찰하던 그는 직감했어요. 아니야. 말도 안 돼! 이 노인들과 앞 못 보는 사람들, 이 쌍둥이와 다른 아이들을 일을 시키려고 데려가는 건 분명 아닐 거야.

멀리서 이곳까지 떠밀려 왔지만 여기서도 더 이상 그들을 원하지 않았어요. 같은 표시에 같은 별을 단 그들, 같이 기재되고 같이 갇혀 있는 그들, 자유와 모든 것을 빼앗긴 그들을 아무도 원하지 않았어요.

그래서 그들은 기차에 실린 거예요. 그런데 어디로 가죠? 이 세상에 그들을 원하는 곳이 있을까요? 어느 나라가 그들을 환영할까요? 어떤 나라가 1943년 2월에 그들을 흔쾌히 받아들일까요?

그러나 지금 문제는 그게 아니었어요. 디나가 젖이 아예 나오지 않거나, 나오더라도 아주 조금 나온다는 게 문제였어요. 드랑시에서부터 젖이 말라 갔어요. 디나의 부모님이 출발하고 그의 아버지가 출발하고 난 뒤, 그들이 살아 있다는 소식은 더 이상 들려오지 않았어요.

디나는 바닥에 웅크렸어요. 도살장에 보내질 게 분명한 젖소와 말들도 함께 있는 곳이었죠. 쌍둥이들 덮어 주라고 누군가가 건네준 피레네산 모직 숄을 걸쳤지만, 추위와 전쟁에 대한 두려움이 몰려왔어요. 한 아기를 재우면 다른 아기가 울었고, 다른 아기를 재우면 잠들었던 아기가 깨어나 투정했어요. 아들과 딸, 잘생긴 아기 둘이요.

"왕의 선택입니다!"

사람들은 반복해 말했어요.

"세상에서 가장 잘생긴 아기들이군요. 두 아기와 함께 축복이 있기를! 나는 아들을 낳기 전에 딸 셋을 낳았어요. 당신은 한꺼번에 둘이군요!"

그런데 지금 그들이 있는 곳은 어디인가요? 저마다의

가슴속에 추억과 절규와 분노가 가득했어요. 그들은 비관하고 분노했어요. 한 여자가 이디시어*로 자장가를 불렀어요. 디나는 이디시어를 알지만 모른 척했어요.

무엇을 할 수 있을까요? 이제 이발사인 그가 무엇을 해야 할지를 스스로에게 물었어요. 지금까지 모든 어려움에도 불구하고 아빠 역할을 제대로 할 수 있을 거라 믿었어요. 어떤 장애물에도 쌍둥이를 보호할 수 있을 줄 알았어요. 그러나 수용소의 행정 절차가 끊임없이 떠오르며 그를 괴롭혔어요.

"우리의 쌍둥이이자 나의 쌍둥이!"

어느덧 쌍둥이는 함께 구해 내고 함께 보호해야 하는 모두의 쌍둥이가 되어 있었어요. 그리고 그는 이제 더 이상 가진 것이 없었고, 지쳤고, 무엇을 해야 할지 몰랐어요. 더는 기다릴 수가 없었어요. 다시 아버지 역할을 찾아 해결책을 마련해야 했어요.

벌써 이틀째 이동 중이었어요. 냄새, 참을 수 없이 역겨운 냄새가 났어요. 한쪽 구석 밀짚 위에 있는 양동이에서 나는

---

* 독일어를 기본으로 히브리어와 슬라브어가 섞인 게르만어로 중세 시대부터 동유럽에 있는 유대인 공동체에서 쓰는 언어이다. 현재는 유럽, 이스라엘, 북미에 사는 유대인들이 쓰는데, 러시아에서는 러시아어와 함께 공식 언어로 쓰인다.

냄새였어요. 어디로 가는지도 모르는 이 사람들에게 수치심과 굴욕감을 주려고 의도한 거였지요.

　무엇보다 가진 게 아무것도 없었어요. 최소한 인간으로 존재할 수 있는 어떤 것도 남아 있지 않았으니까요. 그러나 그는 아이들을 위해, 아무것도 나오지 않는 아내의 젖을 물고 있는 아이들을 위해 해결책을 찾아야 했어요.

　여행자 중 한 사람이 그에게 루마니아 사람이냐고 물었어요. 그래요. 그는 루마니아 사람이었어요. 그러나 지금은 루마니아 출신의 무국적자가 된 거예요. 객차 안에는 파리에서, 프랑스 곳곳에서 끌려온 루마니아 출신 무국적자가 많았어요. 그들 중 한 명이 이아시*에 대해 말했어요.

　"이아시에 대해 아세요?"

　"물론이죠."

　"거기서 유대인 박해가 있었어요."

　"유대인 박해라고요? 여기처럼 그곳에도 전쟁이 일어났다면 유대인 박해가 더 이상 필요 없을 텐데요."

---

* 루마니아 북동부와 몰다비아 지방 중부에 위치한 도시. 1941년 6월 27일 루마니아 파시스트 정권에 의해 1만 3,226명의 유대인이 몰살당했다.

"아니, 아니에요. 유대인 박해예요. 이아시에서 수천 명의 유대인을 이 열차에 태웠대요. 그리고 유대인들이 열차 안에서 더위와 갈증과 배고픔에 지쳐 죽을 때까지 열차를 몰고 또 몰았다고 해요."

역에 닿을 때마다 열차가 멈췄고, 죽은 자들을 치웠고, 열차는 다시 생존자들과 함께 떠났어요. 때때로 열차는 다른 방향으로 출발했고 반대 방향으로 가기도 했어요. 결국 열차는 아무 곳에도 가지 않았지요. 여행의 유일한 목적은 역에 닿을 때마다 시체를 기찻길에 버리는 것이었어요.

"보세요. 우리는 어딘가로 갈 뿐 멈추질 않아요! 여긴 너무 추운데 난방도 안 돼요."

"이아시도 이랬어요! 이아시도!"

철로가 많은 곳에서 열차가 설 때마다 다른 방향으로 떠날까 봐 두려웠어요. 기차역에 멈출 때면 늘 어린이와 노인들, 죽어 가는 사람들을 버렸어요.

그는 손을 깨물었어요. 무엇을 해야 하지? 어떻게 해야 하지? 그는 양해를 구하며 한 사람을 밀고 또 다른 사람을 밀고 가 유리창 쪽에 자리를 잡았어요. 거기엔 한 노인이 숨을 고르고 있었어요. 노인은 헐떡이며 천식이라 말하고 쌍둥이 아버지에게 미소를 지었어요. 그리고 머리를 끄덕이며 이미 모든 걸 다 이해하는 듯한 눈으로 쳐다보았어요. 출생부터 이미 정해진 눈빛으로요. 노인은 놀라지 않았고, 단지 신선한 공기가 필요한 듯 보였어요.

눈 때문에 열차가 천천히 나아가다 잠시 멈추었어요. 그러고 다시 출발했어요. 갑자기 노인이 기침을 하는 바람에 그도 알아차렸지요.

그는 피레네산 모직 숄을 여민 뒤 사람들을 밀치고 쌍둥이 중 한 명을 안아 올렸어요. 아들과 딸 사이에서 전혀 고민하지 않고, 결코 선택하거나 심사숙고하지 않은 채, 단지 손에 닿은 첫 번째 아기를요. 이미 주머니에서 기도숄을 꺼내 들었고요. 아기는 잠들어 있었어요. 디나는 다른 쌍둥이를 꼭 껴안은 채 아기를 잠깐 쳐다보고 다시 눈을 감았어요.

그는 숄을 여미며 창문으로 갔어요. 창살 사이로 팔을 넣을 수 있었어요. 열차가 조금씩 속도를 내기 시작했어요. 순간, 그는 숲을 보았고 눈 아래로 쓰러지는 나무들을 보았어요. 그리고 열차를 뒤따라 뛰어오는 듯한 한 실루엣을 보았어요. 발을 높이 들고 뛰며 큰 소리로 외치는 듯한 모습이었지요. 그는 아기를 꼭 잡고 기도숄로 감쌌어요. 천식을 앓는 노인이 그를 쳐다보았어요. 노인의 눈은 이렇게 말하는 듯했어요.

"하지 말아요! 그렇게 하지 말아요. 당신이 하려는 걸 하지 말아요."

그러나 그는 결심했어요. 쌍둥이 둘을 먹일 만한 모유가 없었어요. 아기 하나라도 충분히 먹일 수 있을까요?

그는 기도숄로 감싼 아기를 들었어요. 머리가 과연 통과할까? 천식을 앓는 노인이 이디시어로 "하지 말아요!"라고 말했어요. 그러나 쌍둥이 아빠는 그를 쳐다보며 이디시어를 전혀 모르는 척했어요. 머리를 밀어넣고 이어서 어깨를 밀어넣었어요. 그리고 눈 위에서 하늘에 감사를 드리듯 멈춘, 무릎을 꿇은 나이 든 여자를 향해 손짓을 했어요.

열차는 숲을 지나갔어요.

3.
작은 화물

Une petite marchandise

가난한 여자 나무꾼은 여느 아침처럼 오늘 아침에도 일찍, 아주 일찍부터 눈 위에서 헐떡거렸어요. 겨울의 반나절을 시작하기 위해, 열차가 지나가는 걸 놓치지 않기 위해서였죠. 그녀는 바삐 서두르며 밤 사이 내린 눈의 무게에 꺾여 바닥에 떨어진 나뭇가지들을 여기저기서 주워 담았어요. 그러고 나서 남편 나무꾼이 여우 가죽으로 정성껏 만들어 준 신발을 질질 끌면서 달렸어요.

그녀는 눈 위를 힘겹게 달렸어요. 달리고 달려서 철길 가장자리까지 뛰어갔을 때, 자신처럼 똑같이 힘들어하는 열차 소리를 들었어요. 굵고 세찬 눈발 때문에 앞으로 나아가기 힘든 그녀처럼, 숨이 차서 헉헉대며 속도를 줄이는 열차 소리였지요.

　"기다려! 기다려!"

　그녀는 소리를 지르며 몸짓과 손짓을 했어요.

　열차가 힘겹게 출발했어요.

　그런데 이번엔 열차가 지나가면서 대답을 했어요. 화물 열차 49번 수송 차량이 대답을 한 거예요!

　게다가 신호가 아니라 몸짓이었어요. 구겨지고 초라한 종잇조각에 서툴게 급히 갈겨 쓴 종이를 던지는 손짓이 아니라 몸짓, 진짜 몸짓이었어요. 먼저 좁은 창문으로 갑자기 깃발이 펄럭였어요. 그리고 손 하나가, 사람 손인지 신의 손인지 모를 손 하나가 깃발을 흔들다 놓았고, 그 깃발은 눈 위로 살포시 내려앉았어요. 스무 발자국 떨어진 곳에서 우리의 가난한 여자 나무꾼은 무릎을 꿇고 가슴에 두 손을 모았어요. 하늘에 감사를 드리기 위해 할 수 있는 거라곤 그것뿐이었으니까요. 드디어, 드디어, 그 수많은 기도가 헛되지 않은 거예요!

　창문의 손이 이제 그녀를 향해 단호하고 긴급하게 신호를 보냈어요. 보따리를 주우라는 신호였죠. 이 보따리는 그녀를 위한 것이었어요. 홀로 서 있는 그녀를 위해 그녀에게 배달된 것이었어요.

가난한 여자 나무꾼은 볼품없는 나뭇단을 버리고 가능한 한 빨리 눈 위에 놓인 작은 보따리 쪽으로 뛰어갔어요. 그리고 신기한 선물 포장을 푸는 것처럼 흥분해서 서둘러 끈을 풀었어요.

그리하여 나타난 것은, 정말 신기하게도, 그녀가 매일매일 소원을 빌었던 것, 늘 꿈속에서 원하던 것이었어요. 작은 보따리 좀 보세요. 보따리를 풀자마자 나타난 것은 천사 같은 미소를 짓는 아기가 아니었어요. 다정하게 팔을 벌리는 아기가 아니었어요. 살려고 주먹을 꼭 쥐고 휘저으며 배고픔에 울부짖는 아기였어요. 보따리는 항의하고 또 항의했어요.

우리의 가난한 여자 나무꾼은 작은 존재를 숄로 보듬어 안고 달렸어요. 가슴에 보석을 껴안은 듯 달리고 달렸어요. 그러다 갑자기 멈췄어요. 자신의 마른 가슴속에서 젖을 빨려고 하는 게걸스런 입을 느낀 거예요. 그러다 입은 멈추고 다시 울부짖었어요. 더욱더 소리 지르고 울부짖으며 발버둥을 쳤어요.

아기가 배가 고픈 거예요. 이 아기가, 내 아기가 배가 고픈 거예요. 그녀는 엄마가 되는 걸 느꼈어요. 행복하면서 동시에 죽을 것같이 걱정되었어요. 기뻤지만 어찌할 바를 몰랐어요. 여기 엄마를 보세요. 젖도 안 나오는 엄마예요. 내 아기가 배가 고파요. 그런데 어떻게 하죠? 무엇을 해야 하죠? 화물 열차의 신은 왜 이 아기에게 먹일 우유도 주지 않은 거죠? 왜? 신들은 도대체 무슨 생각을 하는 걸까요? 신들은 무엇으로 이 아기를 먹여 살리기를 바라는 걸까요?

집에 도착해서 작은 보따리를 침대 위에 놓았어요. 작은 보따리는 덫에 걸린 배고픈 늑대처럼 있는 힘을 다해 세차게 몸을 뒤틀었어요. 가난한 여자 나무꾼은 불을 켜고 주전자에 물을 붓고는 뭔가를 찾고 또 찾았어요.

물이 끓는 동안 남아 있는 카샤*를 찾은 그녀는 끓는 물에 카샤를 담갔어요. 그리고 작은 보따리를 달래기 위해 게걸스런 입을 향해 손가락을 내밀었어요. 작은 보따리는 빨고 또 빨고 성나도록 빨았어요. 그러다 갑자기 가짜라는 걸 깨닫고는 빨기를 멈추고 자지러지게 울었어요.

가난한 여자 나무꾼은 계속 울어 대는 아기를 안고 카

---

* 되직한 메밀죽 또는 보리죽에 야채와 올리브를 넣어 만든 러시아 민간 요리.

샤를 으깨 숟가락에 담아 울부짖는 아기의 입에 조금 넣었어요. 하지만 먹일 수가 없었어요. 이번에는 으깬 카샤를 손가락에 묻혀 다시 한번 넣어 주었어요. 아기는 열심히 빨더니 손가락을 놓고 쓴 카샤를 뱉었어요. 가난한 여자 나무꾼이 끓인 물을 조금 먹이려고 손가락을 내미니 아기는 다시 빨았어요.

가난한 여자 나무꾼은 아기에게 물과 카샤를 번갈아 먹이며 갈증과 배고픔을 달래 주었어요. 그러면서 오래전부터 전해 내려오는 자장가를 아기 귓가에 흥얼거렸어요. 그랬더니 놀랍게도 아기는 새로운 엄마의 팔에서 조용해졌어요.

"잘 자라 나의 작은 화물. 잘 자라 잘 자라 내게 온 나의 작은 보따리. 잘 자라 잘 자라 내 아기, 잘 자라."

가난한 여자 나무꾼은 자신의 귀한 보물을 침대 움푹한 곳에 조심조심 내려놓았어요. 그런 뒤 말리려고 침대에 펼쳐 놓은 숄을 쳐다보았어요. 아주 가는 실로 촘촘하게 뜬, 양 끝 가장자리를 금실과 은실로 수놓은 화려한 숄이었어요. 한 번도 본 적도 만져 본 적도 없는 귀한 숄이었지요. 신들은 화려한 천으로 선물을 감싸는구나! 그녀는 정말로 그렇게 생각했어요. 곧 그녀도 작은 보따리를, 환상적인 숄로 감싸였던 자신의 작은 화물을 두 팔에 안은 채 잠에 빠져들었어요.

우리의 가난한 여자 나무꾼은 두 팔에 아기를 꼭 껴안고 잠이 들었어요. 가난한 남자 나무꾼들과 여자 나무꾼들의 낙원보다 더 높은 곳, 행복한 사람들이 사는 에덴 동산보다 더 높은 곳, 신들과 어머니들에게만 허락된 정원이 있는, 아주아주 높은 곳에서 잠들었어요. 더할 나위 없이 평온하게요.

4.
엄마가 된 나무꾼

Une pauvre bûcheronne devient maman

가난한 여자 나무꾼이 하늘에서 내려주신 선물과 잠든 사이에 밤이 왔어요. 남편 나무꾼이 하루 일과를 마치고 집으로 돌아왔어요. 그가 내는 소리에 작은 화물이 깨어났고 다시 배고픔을 느끼자 울었어요.

"도대체 이게 무슨 일이야?"

가난한 남자 나무꾼이 얼굴을 붉혔어요.

"아기야."

가난한 여자 나무꾼은 작은 보따리를 두 팔로 안으며 대답했어요.

"여기 있는 이 아기가 뭐냐고?"

"내 삶의 기쁨."

가난한 여자 나무꾼은 얼굴을 찌푸리지도 떨지도 않고 대답했어요.

"뭐라고?"

"열차의 신들이 내게 준 선물이야."

"열차의 신들이라고?"

"그동안 내가 가질 수 없었던, 사랑스러운 아이가 될 거야."

가난한 남자 나무꾼은 가난한 여자 나무꾼이 껴안은 걸 빼앗아 작은 화물을 안았어요. 배고픈 아이는 작은 손으로 애타게 뭔가를 찾다가 나무꾼의 수염을 잡자마자 빨기 시작했어요. 덕분에 울음을 멈추었어요.

"이 아이가 왜 여기에 있는지 당신 알아? 모르지?"

그러고는 갑자기 꼴 보기 싫다는 몸짓으로 상한 고기를 쓰레기통에 내던지듯 아기를 침대 위에 놓았어요.

"냄새 나! 어떤 놈의 자식인지 당신은 모르잖아?"

"알아! 나한테 온 나의 천사야!"

아기를 다시 두 팔로 감싸 안으며 가난한 여자 나무꾼이 외쳤어요.

"만약 당신이 원하면 당신 아이도 될 수 있어."

"이 아이는 내 것도 당신 천사도 될 수 없어! 저주받은 종족이 버린 아이라고! 이 아이 부모가 열차에서 눈 위로 던진 아이라고! 그들은 인간이 아니야!"

"아니, 아니, 아니야! 나한테 선물을 보내 준 건 열차의 신들이야!"

"당신, 노인네처럼 아무렇게나 말할 거야? 얘도 크면 그들처럼 비인간이 될 거라고!"

"우리가 이 아기를 키울 거니까 그렇게 되지 않을 거야."

"어떻게 먹이고 키울 건데?"

"아주 작으니까 할 수 있어. 조금 전에 손가락을 빨라고 줘 봤더니 배고픔을 달래는 데 충분했어."

"비인간을 숨겨 주면 사형에 처한다는 것도 몰라? 우리에겐 권리가 없어."

"이 아기는 안 돼. 안 돼. 너무 어린 아기잖아."

"그들이 하느님을 죽였어! 도둑들이야!"

"이 아이는 아니야! 아니라고! 얘는 너무 어려."

"그 사람들이 하느님을 죽인 도둑들이라고!"

"하느님께 감사하게도 우리는 가진 게 아무것도 없어. 어디를 봐도 도둑맞을 건 아무것도 없어. 그리고 곧, 당신이 원하면, 이 아이는 숲에서 내가 나뭇단 묶는 걸 도와줄 거야."

"만약 사람들이 우리 집에서 이 아이를 찾으면 우리를 총살할 거야."

"누가 이 아이를 알겠어?"

"다른 나무꾼들이 비인간을 잡는 사냥꾼에게 일러바칠 수도 있어."

"안 돼, 안 돼! 이 아이는 내 아이라고 말할 거야! 내가 당신의 생명을 임신했다고 하면 되잖아."

"7.5킬로그램이나 되는 아이를 당신이 뒤늦게 낳았다고?"

"처음엔 밖에 데리고 나가지 않을 거야."

"우리 아이가 아니라는 표시가 있어."

"어떤 표시가 있는데?"

"비인간들은 표시가 있는 걸 몰라? 그것 때문에 다 알아보는데도?"

"어떻게?"

"그들 모습은 우리랑 달라!"

"나는 어떤 표시도 보지 못했어."

가난한 남자 나무꾼은 보따리를 풀어서 아이를 벌거숭

이로 만들었어요.

"봐."

"뭘?"

"표시."

"무슨 표시?"

가난한 여자 나무꾼은 눈으로 쳐다보며 이어 말했어요.

"표시가 없는데."

"봐, 이 아이는 나처럼 생기지 않았잖아."

"맞아, 얘는 나처럼 생겼어. 이렇게 예쁜 것 좀 봐."

나무꾼은 재빨리 눈을 돌리고 모자 아래를 긁적였어요.
그러고는 움켜쥔 작은 손을 밀어내며 작은 보따리를 다시 여
몄어요.

"당신, 뭐 하는 거야?"

가난한 여자 나무꾼은 도망치듯 나가는 남편 나무꾼을
보며 걱정스럽게 말했어요.

"어딜 가는 거야?"

"철길 옆에 다시 갖다 놓으려고."

가난한 여자 나무꾼은 화가 솟구쳐 몸을 던지며 작은 보
따리를 빼앗으려 했어요. 하지만 실패하자 이번에는 남편이

나가지 못하도록 통로를 막아서며 선언하듯 말했어요.

"당신 맘대로 해! 화물 열차 바퀴에 이 아이와 함께 나까지 버리려면 그렇게 해! 신들 중에서도 하늘과 자연과 태양과 열차의 모든 신들이 당신이 가는 곳마다 쫓아갈 테니! 당신이 무엇을 하든! 이제부터 당신은 영원히 저주받을 거야!"

가난한 남편 나무꾼은 한순간 꼼짝 못 한 채 망설였어요. 그러고는 작은 화물이 된 작은 보따리를 가난한 여자 나무꾼에게 돌려주었어요. 아기 모습이 보였기 때문이었어요. 아기는 한눈에 봐도 여자아이였어요.

그래서 작은 화물은 이 팔과 저 팔 사이에서, 울부짖음과 분노 사이에서, 틀어막힌 나팔처럼 갑자기 칭얼거렸어요.

음악을 좀체 좋아할 것 같지 않은 가난한 남자 나무꾼은 곧바로 귀를 막고 외쳤어요.

"이렇게, 이렇게, 모든 불행이 이렇게 네 불행을 따라오는구나!"

가난한 여자 나무꾼은 작은 화물을 가슴에 꼭 껴안으며 말했어요.

"이 아이는 나와 당신을 행복하게 해 줄 거야"

"고맙군! 모든 행복은 당신 다 가져! 좋을 대로 해! 하지만 나는 그 아이의 소리도 듣고 싶지 않고 결코 보고 싶지도 않다는 걸 알아둬! 아이를 나무 그루터기에 갖다 놔! 당신이 아이를 조용히 시키고 말하는 것도 다 당신이 해야 해!"

가난한 여자 나무꾼은 작은 화물을 계속 흔들어 재우며 가지 없는 빈 그루터기로 갔어요. 소중하게 키우라고 하느님께서 선물한 아기와 함께 말이죠. 가난한 남자 나무꾼은 그녀의 발꿈치로 들쥐가 갉아먹어 구멍 난, 누빈 곰 가죽을 던졌어요.

"받아! 병이나 나지 말라고!"

"걱정 마! 난 하느님이 보호해 주실 거야!"

가난한 여자 나무꾼이 대답했어요.

아기는 반쯤 잠이 든 상태에서 계속 울었어요.

가난한 남자 나무꾼이 다시 나와서 명령했어요.

"조용히 좀 시켜! 안 그러면······."

가난한 여자 나무꾼은 아이를 계속 흔들며 더 꼭 끌어안고 부드러운 입술로 이마에 연신 뽀뽀를 했어요. 그러면서 둘이 함께 잠이 들었어요.

정적이 흘렀어요. 가난한 남자 나무꾼이 코 고는 소리에 아기가 살짝 칭얼거렸지만 이내 고요해졌어요. 하느님의 선

물인 작은 화물과 새롭고 사랑스러운 엄마의 숨소리가 편안
해지며 화합을 이루었지요. 쥐들이 갉아먹은 곰 가죽 속에서
둘은 꼭 껴안은 채 잠이 들었어요.

5.
49번 수송 열차

Le convoi 49

49번 수송 열차로 지정된 화물 열차는 죽음의 절차에 따라 1943년 3월 2일 드랑시 센 근처의 보비니 역을 떠나 3월 5일 아침 종착역인 지옥의 중심부에 도착했어요.

남자, 여자, 아이, 죽은 자, 산 자 들과 그들의 가깝거나 먼 친척을 위한 전직 재단사들 짐을 내려놓고, 또 그들의 손님과 납품업자들도 내려놓고, 마지막으로 교인과 제사장들, 중환자, 노인, 병자, 장애인 들과 그들의 주치의들을 잊지 않고 내려놓은 뒤에, 더 이상 49번이 아닌 수송 열차는 의심할 여지 없이 50번이나 51번 수송 열차가 되어 즉시 반대 방향으로 떠날 거예요.

가난한 여자 나무꾼은 엄마라는 새로운 일로 정신이 없어서 빈 열차가 되돌아가는 걸 보지 못했어요. 50번 수송 열차도 그 다음 열차들도 더 이상 보지 못했죠.

화물을 받으면 곧바로 분류해야 했어요. 분류 감독관들은 모두 자격증이 있는 의사들이었어요. 조사가 끝나면 배달된 백 명 가운데 열 명만 남겨졌어요. 천 명 가운데 백 명의 머리만 남겨진 거예요. 나머지는 쓰레기에 지나지 않았죠. 끝없이 긴 오후의 끝 무렵이면 노인들, 남자들, 여자들, 아이들, 허약한 사람들은 처치가 끝난 뒤 폴란드의 냉랭한 하늘 아래서 연기처럼 사라질 거예요.

이렇게 임시 증명서에 디안이라 적힌 디나와 새로운 가족관계 증명서에 기록된 아이 앙리, 바로 로즈의 쌍둥이 오빠는 죄 없는 사람들에게 약속된 천국의 가장자리를 차지하며 세상의 모든 무게에서 해방되었어요.

6.
얼굴을 다친 남자

Un homme à la gueule cassée

수많은 이야기들 중에서도 우리는 지금 옛이야기 속에 있고 숲속에 있어요. 그리고 이 숲속, 주위보다 더욱 울창한 어느 곳에 사람이 들어가기 힘든 원시적이고 비밀스러운 공간이 있어요. 식물들 스스로 침입자들로부터 보호하는 곳이죠. 사람도 신도 짐승도 두려움에 떨지 않고서는 들어갈 수 없는 은 둔처예요.

이 드넓은 숲속에서 가난한 남자 나무꾼과 가난한 여자 나무꾼 부부가 생계를 이어 갔어요. 이런 곳에서는 나무들이 더욱 무성하고 빽빽하게 자라죠. 나무꾼들의 도끼조차 이곳을 존중했고, 그곳에서는 어떤 오솔길의 흔적도 찾아볼 수 없어요. 무성한 숲엔 침묵만이 흐를 뿐이죠. 물론 아이들은 여기에 들어가면 안 돼요. 부모들조차 발을 들여놓기 두려운 외딴 곳이니까요.

가난한 여자 나무꾼은 자기 주머니 속처럼 숲속을 속속들이 알고 있어요. 겨울이나 여름이나 늘 주머니 없는 솔을 둘렀지만요. 주머니가 있다 해도 그녀는 아무것도 넣을 수 없었을 거예요. 마녀들과 늑대소년뿐만 아니라 요정과 난쟁이들에게만 허락된 곳임을 알고 있었으니까요.

그녀는 그곳에 한 인간이 홀로 살고 있다는 사실도 알고 있어요. 누구나 두려워하고 끔찍해하는 존재였죠. 회녹색* 군복을 입은 군인들과 불행한 민병대원조차 그와 마주치기를 두려워했어요. 어떤 이들은 그를 짐승들의 친구이자 인간의 적이라고 했고, 어떤 이들은 악마라고 했어요. 가난한 여자 나무꾼은 숲 가장자리에서 나뭇단을 묶던 어느 날, 절대 고독의 주인 같은 그를 본 적이 있어요.

아, 그녀는 또한 알고 있어요. 작은 화물이 우유 없이는

---

* 2차 세계 대전 종전까지 독일군을 상징하는 색깔이자 독일군을 일컫는 말이었다.

잘 자라지도 살아남을 수도 없다는 사실을요. 이른 아침에 슬프게도 이 사실을 깨달았어요.

가난한 남자 나무꾼이 출발하자, 그녀는 숄을 세모꼴로 접어 작은 화물을 둘둘 말았어요. 신들이 준 숄, 가장자리를 금실과 은실로 장식한 이 숄은 마치 요정의 손으로 짠 듯했어요.

그녀는 하느님에게 영혼을 맡기지 않고서는 누구도 모험을 할 수 없는 깊은 숲속으로 갔어요. 숲 가장자리에 다다르자, 어두운 곳을 찾아 들어가 인기척을 살폈어요. 그 남자가 있을까? 그가 아기를 볼까? 염소는? 염소가 아직도 살아 있을까? 아직도 염소 젖이 나올까?

깊은 숲속으로 떠나기 전, 그녀는 남은 카샤를 끓여서 사랑스러운 작은 화물에게 먹이려고 다시 시도했어요. 헛수고였죠. 아기는 카샤를 또 내뱉었어요. 그리고 지금 작은 화물의 작고 차가운 머리는 힘없이 고개를 가로저었어요.

'우유가 필요해.'

그녀는 생각했어요.

'우유, 우유가 없다면……'

안 돼, 안 돼요. 그럴 리 없어요. 신들이 그녀의 품에서 죽게 내버려 두려고 아기를 선물했을 리가 없어요!

가난한 여자 나무꾼은 낮은 나뭇가지 아래를 지나며 열차의 신들을 부르고, 자연과 숲, 염소의 신들을 부르며 어두운 곳으로 들어갔어요. 그리고 요정에게 간절히 도움을 청했어요. 악령의 힘이 세져서 죄 없는 아기를 힘들게 할지도 모르니까요.

"도와주세요! 모두 도와주세요."

그녀는 발 아래 나뭇가지들이 뒤죽박죽 꺾이는 소리와 함께 중얼거렸어요. 여기로는 어느 누구도 나무를 하러 오지 않았어요. 눈조차 땅에 쌓이는 일이 드물었지요. 나무 꼭대기의 눈은 녹고 낮은 가지 위에만 남아 있었어요.

"누구요?"

가난한 여자 나무꾼은 멈췄어요.

"가난한 여자 나무꾼이에요."

그녀는 떨리는 목소리로 대답했어요.

목소리가 다시 말했어요.

"가난한 여자 나무꾼은 한 발자국도 움직이지 말아요!"

그녀는 가만히 있었어요. 목소리가 다시 말했어요.

"가난한 여자 나무꾼이 원하는 게 뭐요?"

"아기에게 먹일 우유요!"

"아기에게 먹일 우유라고?"

이후 불길한 웃음 같은 소리가 들렸어요. 그리고 썩은 나무 위로 저벅저벅 장화 소리가 나더니 귀덮개를 하고 총을 지닌 남자가 나타났어요.

"당신 모유는 줄 수 없소?"

"슬프게도 저는 모유가 없어요. 그리고 이 아기 좀 보세요."

그녀는 숄에서 아이를 꺼냈어요.

"오늘 우유가 없으면 아기는 죽어요."

"당신 딸이 죽는다고? 잘됐군! 또 낳으면 될 테니."

"전 더 이상 그럴 나이가 아니죠. 그리고 이 아이는 철길을 지나고 또 지나는 화물 열차의 신이 내게 맡겼어요."

"우유도 함께 주지 않다니!"

그는 뼈까지 얼어붙을 것 같은 쓴웃음을 지었어요.

가난한 여자 나무꾼은 두려웠지만 결심한 듯 대답했어요.

"신이 깜빡 잊었어요. 신들도 모든 걸 생각할 수는 없어요. 신들도 여기저기서 할 일이 많잖아요."

"신들도 참 심하군!"

남자가 결론을 지었어요. 그리고 잠시 침묵하다가 다시 물었어요.

"말해 봐요, 가난한 여자 나무꾼! 당신이 원하는 우유를 내가 어떻게 줄 수 있지?"

"염소 우유가 있잖아요."

"염소라고? 어떻게 내게 염소가 있다는 걸 알지?"

"당신 땅에서 나무를 하며 염소가 우는 소리를 들었어요."

그는 다시 웃었고 다시 근엄하게 물었어요.

"내 염소 우유 대신 당신은 내게 뭘 줄 거요?"

"제가 가진 것 모두요!"

"당신이 가진 것이 뭐요?"

"아무것도 없어요."

"너무 적군."

"신들께서 허락하신다면 매일, 겨울에도 여름처럼 우유 두 모금 대신 나무 한 짐을 가져다 드릴게요."

"내 우유 대신 내 나무를 지불하겠다고?"

"당신 나무가 아니에요!"

"당신 것도 아니지!"

"당신 우유도 당신 것이 아닌 것처럼!"

"그게 무슨 소리요?"

"당신 염소의 젖이죠."

"하지만 이 염소는 내 거요. 삶은 보상 없이 주는 것이 없소."

"우유가 없으면, 보상이 없으면, 내 딸이 죽어요."

"수없이 많은 사람들이 죽지!"

"신들이 내게 맡긴 아이예요. 당신이 먹을 걸 준다면, 이 아이는 살 수 있어요. 그러면 신들이 당신에게 감사할 거고, 당신을 보호해 줄 거예요."

"신들은 벌써 날 이렇게 보호하고 있지!"

그가 귀덮개를 치우니 이마에 난 상처와 부서진 관자놀이, 귀 하나가 없는 게 보였어요.

"이때부러 나는 신들의 보호는 필요치 않고, 나 스스로 나를 보호하지."

"그래도 신들이 목숨을 구해 줬잖아요 당신 염소도요!"

"대단히 감사하군."

"우유 딱 한 모금 대신 나무 두 단을 가져다줄게요."

"흥정도 할 줄 아는군!"

그는 다시 웃었어요.

"신들이 아기를 주면서 값진 물건은 주지 않았소?"

우리의 가난한 여자 나무꾼이 미안해하며 안 줬다고 탄식하려던 순간, 갑자기 얼굴이 밝아졌어요. 그녀는 작은 화물의 기도용 숄을 풀어서 염소 주인 앞에 내밀었어요.

"아주 신성한 숄이에요. 이렇게 얇은 걸 좀 보세요."

남자는 그걸 목에 둘렀어요.

"정말 멋지네요! 요정이 금실, 은실로 짜고 수를 놓은 게 분명해요."

작은 화물은 천천히 울기 시작해서 한바탕 울고 나더니 더 이상 기운이 없어 보였어요.

염소 주인이자 얼굴을 다친 남자는 아이를 살피더니 결론을 내렸어요.

"신성한 창조물이 인간의 평범한 아이처럼 배가 고픈가 보군. 내 염소 우유를 한 수저 주겠소. 필요하다면 이 암컷 당나귀 우유도 주지. 하지만 더 이상은 없소. 그리고 염소 우유를 매일 아침 세 달 동안 주겠소. 우유에 물을 두 배로 넣고 끓인 뒤 먹을 걸 추가해서 끓여요. 봄에는 과일과 채소를 넣고."

그가 아이를 돌려주었어요. 그녀는 사랑스럽게 아이를

다시 앉았어요. 그리고 남자 앞에 무릎을 꿇고 앉아 손에 키스를 했어요. 남자는 뒤로 물러서며 말했어요.

"일어나요!"

가난한 여자 나무꾼은 눈물을 흘리며 중얼거렸어요.

"마음씨 착한 분이군요. 당신은 선해요."

"아니, 아니, 아니오. 우리는 서로 거래를 한 거요. 내일부터 나뭇단을 기다리겠소."

"누가 이렇게 좋은 분의 머리를 다치게 한 건가요?"

"전쟁이."

"이번 전쟁요?"

"아니 다른 전쟁. 그건 중요치 않소. 다시는 내 앞에서 무릎을 꿇지 말아요. 그 누구 앞에서도. 나를 착한 사람이라고도 더 이상 말하지 말고. 우유를 줄 테니 염소가 있다는 소문은 퍼뜨리지 말고 다시 와요. 다시 오면 주겠소."

그래서 가난한 여자 나무꾼은 그렇게 하기로 했어요.

매일 아침 가난한 여자 나무꾼은 나무를 내려놓고 돌아가는 길에 따뜻한 우유를 조금씩 가져갔어요.

그리고 가엾고, 아주 고귀하고, 가난한 작은 화물은 숲속의 남자와 그의 염소 덕분에 목숨을 유지했고 살아남았어요. 하지만 아이는 결코 배부른 적이 없었고, 가난한 여자 나무꾼은 쉬지 않고 일해야 했어요. 아이는 입 아래 떨어진 모든 걸 핥으며 다시 기운이 났고, 먹을 게 없으면 지체 없이 울었어요.

7.
머리 깎는 기계

La tondeuse

쌍둥이의 아버지이고 디나의 남편인 우리의 주인공은 마음을 토하고 눈물을 삼켰어요. 그리고 가위도 없이 간단한 머리 깎는 기계로 머리를 밀고 또 밀었어요. 별들을 먹어 치우는 백정들이 점령한 나라에서 수송 열차로 배달된 수천 명의 머리를 밀고 또 밀었어요.

'이 두개골들, 이 머리 깎인 사람들은⋯⋯ 아마도, 아마도' 하며 밀려드는 생각을 어찌할 수 없었어요.

지금 이 순간 그는 생존자였어요.

8.
울보 아기

Un bébé pleurniche

밤이 되어 가난한 남자 나무꾼이 집으로 돌아왔어요. 공사장에서 하루 종일 일하고 아픈 팔다리와 지친 몸뚱이를 끌고 온 그는, 홀로 된 쌍둥이 여자아이를 보는 것도 아기 소리를 듣는 것도 싫어했어요.

그래서 가난한 여자 나무꾼은 남편이 돌아오기 전에 잠자리에 들었어요. 하지만 아이는 잠을 자면서도 칭얼대거나 버둥거렸어요. 때론 배가 고파 칭얼댔고, 때론 울면서 깨거나 갑자기 두려운 듯 소스라치게 울었어요. 꼭 땅 위의 모든 늑대들이 약속이라도 한 듯 한꺼번에 달려들어 깊은 잠을 쫓아내는 것 같았어요.

가난한 남자 나무꾼은 커다란 주먹으로 식탁을 두드렸어요. 동료 노동자들과 담금주를 마시고 취해서 온 그는 증오에 가득 찬 목소리로 수염 속에서 중얼거렸어요.

"악마의 자식을 보고 싶지도 듣고 싶지도 않아! 비인간의 새끼라고! 조용히 좀 시켜! 아니면 잡아서 돼지들에게 던져 버릴 거야!"

"다행이군!"

가난한 여자 나무꾼이 말했어요. 더 이상 주변에 돼지가 없었거든요. 비인간들과 음식물을 쫓는 몰이꾼들이 이미 모든 걸 죄다 가져가서 먹어 치웠죠. 다행히 지친 가난한 남자 나무꾼도 꾸벅꾸벅 졸다가 식탁에 머리를 박고 깊은 잠에 빠져들었어요.

9.
작은 심장

Un petit cœur

그러던 어느 날 밤, 작은 화물이 여느 때보다 더 보채는 바람에 남자 나무꾼은 잠에서 깼어요. 가난한 남자 나무꾼은 아이를 때리려고 손을 번쩍 들었어요. 그 순간 가난한 여자 나무꾼이 남편의 커다랗고 굳은 손을 낚아채서는 귀여운 작은 화물의 들썩이는 가슴 위에 갖다 대었어요. 가난한 남자 나무꾼은 아기의 부드럽고 하얀 피부를 만지지 않으려고 손을 빼려 했지요.

그러자 가난한 여자 나무꾼은 남편의 두 손을 잡아 딸아이의 가슴에 꼭 대고 그의 귀에 계속 소곤거렸어요. 하지만 가난한 남자 나무꾼은 악마의 피조물을 원하지 않는디며 저주받은 자의 자식이라고 계속 소리쳤어요. 가난한 여자 나무꾼은 아랑곳하지 않고 가난한 남자 나무꾼 손을 지그시 누르며 다정하게 속삭였어요.

"느껴? 느껴져? 이 작은 심장이 뛰는 게 느껴지지? 느꼈어? 느꼈지? 심장이 뛰고 또 뛰어!"

"아니, 아니야!"

모자 쓴 나무꾼은 온 힘을 다해 외쳤어요.

"아니, 아니야!"

덥수룩한 수염이 고함쳤어요.

"아니, 아니라고!"

여자 나무꾼은 여전히 속삭였어요.

"비인간이라고 불리는 사람들도 심장이 있어. 나쁜 사람들도 당신과 나처럼 심장이 있단 말이야."

"아냐, 아냐!"

"작든 크든, 비인간이라 불리는 사람들도 가슴속에 살아 있는 심장이 있어."

가난한 남자 나무꾼은 여전히 머리를 절레절레 흔들며 몹시 어두운 날들의 슬픈 문구를 반복하듯 씩씩거렸어요. 그리고 어깨를 툭 치며 갑자기 손을 빼냈어요.

"비인간들은 심장이 없어! 나쁜 사람들은 사랑이 없다고! 도끼를 휘둘러 쫓아내야 하는 떠돌이나 다름없어! 열차 창문으로 애를 내던진 인정머리 없는 사람들이야! 가난한 멍청이 같은 우리나 그들을 먹여 살리는 거라고!"

그는 무섭게 화를 냈어요. 하지만 손바닥의 짧은 접촉에서 떨림을 느꼈어요. 따뜻한 온기와 새로운 부드러움에 괴로우면서도, 작은 화물의 피부와 심장이 이제 자신의 가슴 안에서 뛰는 걸 느꼈어요. 그래요. 그의 심장이 작은 화물의 작은 심장과 동시에 뛰었어요. 가난한 여자 나무꾼의 품에서 조용해진 아이는 이제 가난한 남자 나무꾼을 향해 팔을 뻗었어요.

나무꾼은 놀라서 뒤로 물러났어요. 가난한 여자 나무꾼이 아이를 내밀었을 때, 마치 가슴 한가운데를 얻어맞은 것처럼 다시 뒤로 물러났어요. 더 이상 보고 싶지 않다고, 이 아이를 먹여 살릴 수 없다고 되풀이해 말했지요. 하지만 가슴 깊은 곳에서 올라오는 욕망을 억눌러야 했어요. 아기를 안고 얼굴과 수염을 갖다 대고 활짝 벌린 팔에 화답하고 싶다는 욕망이 솟아났거든요.

다시 현실로 돌아왔어요. 정신을 차린 그는 가난한 여

자 나무꾼을 협박했어요. 당장 정직한 남편과 신을 죽이고 태어난 잔여물 사이에서 한 명을 선택하라고요. 그러고는 가난한 여자 나무꾼이 대꾸도 하기 전에 침대 위로 굴러 잠에 곯아떨어졌어요.

10.
찾아온 행복

Le bonheur arrive

다음 날, 가난한 남자 나무꾼은 작은 화물의 심장이 뛰는 걸 느껴 보려고 손바닥을 가만히 대 보았어요. 손 안에서 아이의 심장이 뛰는 게 느껴졌어요. 이때부터 그의 심장은 알 수 없는 부드러움에 흠뻑 빠졌고, 불가사의한 힘에 이끌려 작은 비인간을 작은 화물이라고 불렀어요. 그리고 어쩌다 우연히 아이와 마주치면 머뭇거리며 손을 내밀었어요. 그러면 아이는 손가락을 움켜쥐고 놓지 않았어요.

      같은 날, 아이는 네 발로 오두막 바닥을 기었고 그의 바지 자락을 붙잡았어요. 그리고 두 손으로 덧기운 바지를 입은 무릎 한쪽에 매달리며 일어섰어요. 가난한 남자 나무꾼은 기쁨을 억누를 수 없었어요.

"오, 여보! 이리 와 봐! 와서 봐! 얼른 와서 보라고!"

아이는 비틀거리며 중심을 잡으려고 한 손으로 그의 다리를 잡고 있었어요. 가난한 남자 나무꾼은 기뻐서 어쩔 줄 몰랐어요.

"봤어? 봤지!"

가난한 여자 나무꾼은 흥분해서 박수를 쳤어요. 아이도 바지 자락을 놓고 박수를 쳤어요. 그러면서 바닥에 엉덩방아를 찧고는 크게 웃었어요. 나무꾼은 바닥에 있는 아이를 잡고 엉덩이를 머리 위로 올리며 승리의 전리품을 휘두르듯 기뻐 외쳤어요.

"할렐루야!"

그 다음 날부터 가난한 남자 나무꾼은 가난한 여자 나무꾼처럼 더 이상 세월의 무게에 짓눌리지 않았어요. 배고픔도 가난도, 그들이 처한 조건에 대한 슬픔조차도 느끼지 않았어요. 전쟁에도 불구하고, 아니 전쟁 덕분에, 이 세상에서 가장 귀한 화물을 선물해 준 전쟁 덕분에 세상이 왠지 밝고 안전해진 것 같았어요.

그들은 실내를 환하게 밝히기 위해 봄이 선물한 꽃으로 장식을 하고, 행복 가득한 이야기를 셋이서 도란도란 나누었어요.

11.
뜻밖의 목소리

Une voix inattendue

가난한 남자 나무꾼은 기쁘고 행복해서 더욱 활기차고 기운차게 일했어요. 동료들은 그를 점점 더 많이 칭찬했고, 말수가 적은 그를 일과 후 술자리에 점점 더 자주 초대했어요. 동료들 중 집에서 술 담그는 걸 무척 좋아하는 사람이 있었는데, 그가 종종 마실거리를 담당했지요.

술 담그는 법을 아냐고요? 그건 나도 몰라요. 설령 제조법을 알더라도 여러분에게 배달은 못 하는 것 알지요? 그 술을 마시는 건 금지돼 있어요. 이 담금주는 도수가 너무 높아서 자칫하면 시력 장애가 올 수 있거든요.

"어쨌든 전쟁 중엔 전쟁에 맞게 행동하고 볼 일이야!"

술 담그는 동료가 말했어요.

동료들은 모두 용감하고 술을 잘 먹었어요. 일이 끝나면 그들은 집으로 곧장 돌아가지 않고 술판을 벌였어요. 동료들은 하늘에서, 열차에서 준 선물인 작은 화물이 없어서 삶을 사랑할 줄 몰랐어요. 아이가 나무꾼에게 주는 그런 삶 말이에요.

어느 날 저녁, 일을 마친 뒤 가난한 남자 나무꾼은 동료들과 함께 술잔치를 벌였어요. 꿀꺽 꿀꺽 꿀꺽 술을 마셨어요. 사랑하는 작은 화물을 보러 집에 돌아가는 기쁨도 잠시 늦추고요. 불운한 새 동료들과 새로운 유머를 함께 나누려고요.

꿀꺽 꿀꺽 꿀꺽. 누군가 토스트 하나를 가져왔고 또 다른 누군가는 다른 걸 가져왔어요. 뭘 하자고? 누굴 위해? 동료들 중 한 명이 이 저주받은 전쟁의 종말을 위해 건배하자고 제안했어요. 꿀꺽 꿀꺽 꿀꺽. 그리고 또 혐오스러운 비인간들의 종말을 위해 마셨어요. 꿀꺽 꿀꺽 꿀꺽. 열차가 비인간들을 가득 싣고 지나가고 다시 빈 채로 지나는 걸 보았다고 한 동료가 비인간들에 대해 이야기했어요. 비인간들이 세계 곳곳 어디에서 오는지도 모른 채 말이죠.

그러자 다른 동료가 덧붙였어요.

"우리가 쥐꼬리만 한 품삯을 벌려고 팔다리가 끊어질 듯 힘들게 일할 때, 비인간들은 특별 열차를 타고 귀하신 여행을 한다고!"

마침내 세 번째 동료가 더 자세히 말했어요.

"비인간들이 하느님을 죽였고 그들이 이 전쟁을 부른 거야! 그들은 살 가치도 없어. 이 땅에서 그들을 다 치워 버려야 이 저주에 찬 전쟁도 끝날 거야!"

꿀꺽 꿀꺽 꿀꺽.

"그들이 사라지는 날을 위하여!"

꿀꺽 꿀꺽 꿀꺽.

"비인간들의 죽음을 위하여!"

모두가 합창으로 결론을 지었어요.

하지만 완벽한 합창은 아니었어요.

그들 모두 나무꾼이고 가난했어요. 그 중에서도 가난한 남자 나무꾼, 우리의 가난한 남자 나무꾼은 술은 마셨지만 침묵했어요. 동료들은 그가 한마디 하길 기대했고 그를 쳐다보며 기다렸어요. 그들은 길게 기다릴 필요가 없었어요. 꿀꺽 꿀꺽 꿀꺽. 가난한 남자 나무꾼은 주먹손으로 입을 닦으며 잠시 침묵하고는 말을 했어요. 그러고는 자신도 놀랐어요.

"비인간들도 심장이 있어!"

"뭐, 뭐, 뭐라고? 이 사람이 뭐라고 말한 거야? 무슨 말을 하고 싶은 거지?"

가난한 남자 나무꾼은 이번엔 귀를 멍멍하게 하는 목소리로 또 한 번 쏘아붙이는 자신에게 놀랐어요. 자신의 목구멍에서 나왔다고는 전혀 생각할 수 없는 목소리였죠. 나무꾼은 흔들거리는 식탁 위에서 철로 만든 술잔을 던지고 주저앉으며 다시 말했어요.

"비인간들도 심장이 있다고!"

그러고는 비틀거리며 오두막으로, 집으로 향했어요. 어깨에 도끼를 메고 성큼성큼 가다가 갑자기 진실을 외친 것이 두려웠어요. 비인간들도 심장이 있다는 진실요. 두려웠지만 동시에 다른 사람들 앞에서 외친 것이 해방감을 주었어요. 갑자기 복종과 침묵하는 모든 삶을 끝낸 것처럼 마음이 홀가분하고 자랑스러웠어요. 그는 사랑하는 가난한 여자 나무꾼을 향해, 눈에 넣어도 아프지 않을 만큼 귀여운 아이를 향해 걸었어요. 이날 저녁 그는 담금주로 인해 취하지는 않았어요.

그는 신들 혹은 알지 못하는 누군가가 준 선물인 작은 화물에게로 걸어갔어요. 걸으면서 뛰고 또 뛰는 자신의 심장을 느꼈지요. 그리고 노래를 부르고 있는 자신에게 스스로 놀랐어요. 이 노래도 다른 노래도 한 번도 불러 본 적이 없었거든요. 그는 걸었고, 자유와 사랑에 취해서 노래했어요.

　동료들은 깜짝 놀라 이렇게 말했어요.

　"술을 이기지도 못하네! 취했어! 정신이 나갔어!"

　꿀꺽 꿀꺽 꿀꺽.

　"내일은 시원해서 좀 나아질 거야."

　그리고 그들도 노래를 불렀어요. 그들의 주인들이, 유대인을 쫓는 사냥꾼들이, 그들에게서 모든 걸 가져간 침략자들이 가르쳐 준 노래를 불렀어요. 이런 이야기를 담은 노래였지요.

　"비인간들의 빈 가슴에 우리의 칼을 꽂아라. 아무도 남지 않을 때까지. 우리에게서 훔쳐간 것 모두를 돌려받자. 꿀꺽 꿀꺽 꿀꺽. 비인간들을 죽이자! 꿀꺽 꿀꺽 꿀꺽."

　술 담그는 동료는 노래를 계속 부르며 전쟁 전을 생각했어요. 사람들에게 해를 끼치는 짐승의 머리를 면사무소에 가져가면, 지역 책임자들이 머릿수대로 특별 보상금을 주었던 것을요. 꿀꺽 꿀꺽 꿀꺽!

12.
가짜 이발사

Le faux coiffeur

며칠이 지나고 몇 달이 지나갔어요. 가짜 이발사이며 쌍둥이 아빠는 머리를 밀고 밀고 또 밀었어요. 그리고 금발과 갈색, 빨간 머리를 쓸어 각각 자루에 담았어요. 자루는 또 다른 자루 옆에 놓였고, 머리털로 채워진 자루는 수천이 되었어요. 갈색 혹은 빨간 머리털보다 금발을 더 많이 찾았어요. 하얀 머리털로는 무엇을 할까요? 모든 머리털은 부자 나라로 출발했어요. 거기서 가발, 장식용 천 또는 단순한 청소용 걸레가 되었지요.

　　쌍둥이 아빠는 죽고 싶었어요. 하지만 마음속 깊은 곳에서 야생의 작은 씨앗이 자랐어요. 그 끔찍한 모든 걸 보고 겪으면서도 작은 씨앗은 자라고 자라 살아남으라고 명령했어요. 살아남아야 한다고요.

희망의 작은 씨앗은 파괴할 수 없었어요. 그 희망을 비웃고, 멸시하고, 통한의 눈물에 잠길 때에도 희망은 멈추지 않고 자랐어요. 예나 지금이나 도저히 이해할 수 없는 몰상식한 행동을 기억함에도 불구하고, 더 이상 사랑스럽거나 다정하지 않던 눈길에도 불구하고, 공포의 열차에서 내려 역이 아닌 역 플랫폼에서 떠나기 전 가족들이 그에게 단 한마디도 하지 않았음에도 불구하고, 희망은 멈추지 않고 자랐어요.

가족들과 영원히 헤어지기 전, 유일하게 남겨진 한 쌍둥이를 단 1초였지만 숨이 막히도록 가슴에 껴안았어요. 만약 두 눈에 조금이라도 눈물이 남았다면, 그는 그날을 생각하며 여전히 울었을 거예요.

13.
"파푸슈! 마무슈!"

"Papouch! Mamouch!"

며칠이 지나고 몇 달이 지나갔어요. 작은 화물이 다른 날보다 더 행복한 어느 날이었어요. 아이는 갑자기 똑바로 서더니 한 발 걸었어요. 그러다가 가난한 여자 나무꾼 앞에서도 뒤에서도 종종걸음으로 걸었어요.

저녁에는 가난한 남자 나무꾼 앞에서 콩콩 뛰었어요. 그리고 그가 얼굴 높이까지, 수염께로 들어 올릴 때면, 아이는 그의 모자를 들어 올리거나 털을 뽑았어요. 최고로 행복할 땐 그의 큰 코를 두 손으로 잡았고요. 가난한 남자 나무꾼은 완전히 뭉클해졌어요. 그는 작은 화물을 가난한 여자 나무꾼에게 건네고 젖은 눈을 닦기 전에 코를 풀었어요.

그러던 어느 날, 아주 아름다운 어느 날, 아이는 가난한 남자 나무꾼이 벌린 팔 안으로 파고들며 외쳤어요.

"아빠! 아빠!"

아빠란 소리는 아주 먼 나라에서 어떻게 불렸을까요?

아빠는 '파푸슈', 엄마는 '마무슈'라고 불렀어요.*

"파푸슈! 마무슈!"

그들은 셋이서 웃으며 얼싸안았어요. 아빠, 엄마 그리고 잃어버렸다 다시 찾은 아이에 관한 노래도 함께 부르며 부둥켜안았어요.

---

* 동유럽 지역에서 쓰이는 말로, '파푸슈papouch'는 '아빠', '마무슈mamouch'는 '엄마'라는 뜻이다.

14.
피할 수 없는 거짓말
Un mensonge inévitable

어느 날, 가난한 여자 나무꾼과 작은 화물 둘이서 나무 두 단을 해서 집으로 돌아오는 길이었어요. 둘은 덤불 근처에서 술 담그는 동료와 또 한 사람과 마주쳤어요. 그 사람도 가난한 남자 나무꾼의 동료였어요. 술 담그는 동료는 아이를 발견하고 정중하게 물었어요.

"이 아이는 어디서 왔어요?"

가난한 여자 나무꾼은 자기 아이라고 대답했어요. 그러자 술 담그는 동료는 자세히 검토라도 하듯 작은 화물을 한참 동안 쳐다보았어요. 그러고는 미소 지으며 떠나기 전, 가난한 여자 나무꾼을 쳐다보며 두더지 모자를 들어 올리지도 않고 쾌활하게 말했어요.

"잘들 지내쇼!"

15.
저항

L'indignation

아침이 채 밝기 전 새벽녘에 두더지 모자를 쓴 동료가 의용대원 둘을 데리고 찾아왔어요. 친독 의용대원인 그들은 총을 차고 있었어요. 지난 세계 전쟁 때 썼던 총이거나, 더 정확히는 중국인이 화약을 발명하던 시기에 썼을 법한 총이었죠. 그들 셋은 작은 화물을 데리러 온 거였어요.

가난한 남자 나무꾼이 문 앞에서 그들을 맞이했어요. 먼저 그는 아니라고 부정했어요. 자기 딸이라고 말했지요. 그러자 의용대원 중 한 명이 면사무소에 왜 출생신고를 안 했는지 물었어요. 나무꾼은 서류 작성하는 걸 좋아하지 않아서 아이를 신고하지 않고 키웠다고 말했어요. 결국 나무꾼은 죽음을 받아들인 거예요. 동료의 법도 법이라면요.

나무꾼이 받아들였다고 말했지요? 하지만 그는 동료에게 특별히 배려라도 하는 투로 아이를 어디로 데려갈 것인지를 물었어요. 총 때문에 아이와 무엇보다도 아내가 두려워하지 않도록 부드럽게 물었지요. 나무꾼은 동료 앞을 지나며 가난한 여자 나무꾼에게 큰 소리로 알렸어요.

"작업장 동료요! 아이를 준비시켜요. 그리고 마실 것 좀 내와요!"

아이를 안은 여자 나무꾼은 돌발적으로 남편 나무꾼에게 곧바로 팔을 뻗었어요. 그래서 나무꾼은 도끼를 잡고 술 담그는 동료를 내려치며 가난한 여자 나무꾼에게 소리쳤어요.

"도망쳐! 아이를 데려가!"

그리고 해골이 장식된 두더지 모자 위를 다시 내려쳤어요. 그러곤 곧바로 오두막에서 나와 키 큰 의용대원을 공격했어요. 썩은 장작을 패듯 했지요. 그래서 다른 의용대원은 뒤로 물러나며 머뭇거리다 공중으로 총 한 방을 쏘고, 도끼 든 나무꾼을 겨냥하며 다가갔어요. 나무꾼이 주저앉으며 울부짖는 동안 가난한 여자 나무꾼이 달려 나왔어요.

"달려! 여보! 달려! 도망쳐! 도망쳐! 하느님께서 인정도 없고 믿음도 없는 나쁜 사람들에게 벌을 주실 거야! 살아야 해, 우리…… 우리 작은 화물!"

그는 힘없이 중얼거렸어요.

16.
염소 엄마

La maman chèvre

달려요, 달려! 달려요, 가난한 여자 나무꾼! 여리디여린 당신의 작은 화물을 가슴에 꼭 껴안고 달려요! 결코 돌아보면 안 돼요! 안 돼요, 안 돼! 피 흘리고 쓰러진 가난한 남자 나무꾼을 쳐다보면 안 돼요! 금이 간 도끼에 썩은 나무처럼 쓰러진 세 명의 원귀도 보면 안 돼요. 안 돼요, 안 돼! 가난한 남자 나무꾼의 손으로 지은 통나무집도 쳐다보면 안 돼요. 사라져 가는 행복, 당신 가족 셋이 함께했던 이 오두막을 잊어요.

달리고, 달리고, 달리고, 또 달려요!

뛰라고요? 어디로요? 어디로 달릴까요? 어디에 몸을

숨길 수 있나요?

생각하지 말고 뛰어요! 달려요, 달려! 앞을 향해 똑바로 달려요. 안 돼요, 안 돼. 울지 말아요. 울지 마. 울 때가 아니에요.

가난한 여자 나무꾼의 품에 안겨 달리기를 자장가 삼아 쉬던 작은 화물은, 너무도 사랑스러운 작은 화물은, 헐떡거리는 가슴에 가슴을 부딪히고 부딪히다가 갑자기 몸을 틀었어요. 가난한 여자 나무꾼은 다리가 끊어질 듯 고통스러워서 숨을 골랐어요. 비인간 사냥꾼들이 벌써 쫓아와 사랑스러운 작은 화물을 낚아챌 것만 같아요.

멈추고 싶었어요. 바닥에 미끄러져 주저앉고 싶고, 고사리 덤불 속으로 사라지고 싶었어요. 점점 더 사랑하게 된 아이를 꼭 껴안으며 높다란 풀 속에 숨고 싶었어요. 하지만 발밑에서 새끼 여우들이 경호했어요. 여우들은 뛰고 또 뛰었어요. 쫓고 쫓기는 데 익숙한 여우들은 뛰고 또 뛰었어요. 달리며 땅을 파헤쳤어요. 두려움도 없이, 가책도 없이 달렸어요. 그런데 어디로요? 어디로 가는 걸까요? 두려워 마세요. 여우들은 지나가는 곳을 알아요. 길을, 구원의 길을 알아요.

그러다 갑자기 가난한 여자 나무꾼과 소중한 작은 화물

앞에 아무도 들어갈 수 없는 울창한 숲의 가장자리가 나타났어요. 새끼 여우들은 발걸음을 늦출 줄도 몰랐어요. 여우들은 서로 달려들며 여기저기 나무 밑동을 건너뛰며 낮은 가지들을 부러뜨렸어요. 죽은 나무 조각들이 땅에 떨어졌어요.

목소리, 한편으론 겁이 나고 한편으론 간절히 바라던 그 목소리가 들렸어요.

"거기, 누구 있어요?"

새끼 여우들이 여전히 뛰어오는 동안 가난한 여자 나무꾼이 외쳤어요.

"원하는 게 뭐요?"

"피난처요! 나와 신께서 내게 주신 딸이 숨을 곳이요!"

목소리가 다시 말했어요.

"총소리를 들었는데, 당신을 겨냥한 거요?"

"그들이, 그들이 원하는 건 내······."

"어서! 두려워 말고 어서 말해요!"

"그들이 원하는 건······."

가난한 여자 나무꾼은 숨을 쉬기도 힘들었어요. 목소리는 나오지 않았고 다리 힘은 완전히 풀렸어요.

새끼 여우들조차 나무뿌리와 가시덤불에 걸리고 힘에

겨워 멈추었어요. 가난한 여자 나무꾼은 총과 염소를 가진 얼굴 부상자에게 두려움에 대해, 비인간들에 대해, 도끼에 대해서도 모든 걸 다 말하고 싶었어요. 그녀는 어렵게 말을 이었어요.

"그들이 원하는 게…… 그들이 원하는 게…… 그래서 남편이 도끼로 그들을…… 그들을……."

남자가 나타났어요.

"더 이상 말하지 말아요. 그들의 흉악한 마음을 잘 알아요. 당신의 남편과 도끼가 마땅히 할 일을 한 거요. 만약 당신을 괴롭히는 자들이 있으면, 나도 그렇게 할 거요."

그는 어깨에서 총을 내리고 팔을 뻗으며 말했어요.

"작은 화물을 내게 맡기고 날 따라와요."

그래서 가난한 여자 나무꾼은 아이를 건넸고, 총과 염소를 가진 얼굴 부상자가 신성한 물건을 다루듯 부드럽고 위엄 있게 아이를 안았어요.

침묵 속에서 셋은 앞으로 걸었어요. 가시덤불 숲이 밝아지며 가난한 여자 나무꾼이 한 번도 본 적이 없는 정원이 나타났어요. 그녀는 날마다 숲 가장자리에 나뭇짐을 내려놓고 대신 우유를 가져갔을 뿐이었죠.

봄의 끝, 여름의 길목에서 나무에 열린 과일들은 아이에게 다정하게 손짓하는 것만 같았어요. 가난한 여자 나무꾼과 그녀의 딸을 위로라도 하듯 꽃들이 피어났고, 꽃을 따는 계절이 왔어요. 그녀는 신들이 이 숲에서 좋은 걸 만든다고 생각했어요. 그래요. 그렇게 생각하고 그렇게 원하면, 신들은 좋은 걸 만들어요.

여전히 아이를 안고 있는 남자는 오두막으로 다가갔어요. 바위 옆에 지은 통나무 오두막집이었죠. 하지만 오두막으로 들어가지 않고 바위 오른쪽에 있는 동굴 같은 곳으로 갔어요. 그가 그곳을 찾아가는 일은 드물었어요. 그럼에도 젖이 불은 작은 염소가 항상 반갑게 맞아 주어 그를 기쁘게 했어요.

총을 지닌 얼굴 부상자는 아이를 염소 앞에 놓았어요. 둘은 키가 같았어요. 남자는 서로를 소개해 주었어요.

"신들의 딸아, 보아라. 너를 먹여 살리는 엄마다! 세 번째 엄마."

아이는 기뻐서 염소를 안았고, 초점을 맞추지 못하는 염소는 아이의 팔 안에 자신을 맡겼어요. 염소들은 어두운 곳에서 잘 못 보거든요.

가난한 여자 나무꾼이 우는 동안에도 염소와 아이는 눈

과 눈을 마주하고, 이마와 이마를 마주하고 있었어요. 총을 차고 염소를 가진 얼굴 부상자가 낮은 소리로 말했어요.

　　"왜 우는 거요? 당신은 이제 아이를 위해 원하는 대로 다 줄 수 있고, 더 이상 우유를 찾으러 오지 않아도 되지 않소. 어쨌든 나는 나뭇단을 잃었지만 혼자인 염소와 놀아 줄 동무가 생겼으니 우리 넷 다 이긴 거요. 이 세상 누구도 무언가를 잃는 걸 받아들이지 않는다면 어떠한 것도 얻을 수가 없소. 설령 그것이 사랑하는 사람의 목숨이든 자기 자신의 목숨이든 말이오."

17.
들리지 않는 외침

Des cris inaudibles

하루는 또 다른 하루로 이어졌고, 열차들은 또 다른 열차들로 이어졌어요. 납으로 때운 객차 안에서 인간애는 죽어 갔어요. 인간애를 모른 척했어요. 정복당한 대륙의 모든 수도에서 온 열차들이 지나가고 또 지나갔지만, 이제 가난한 여자 나무꾼은 열차를 더 이상 보지 못했어요.

열차들은 지나가고 지나갔어요. 밤이고 낮이고, 낮이고 밤이고 별 차이가 없었어요. 어느 누구도 이송되는 사람들의 외침을 들어 본 적이 없었어요. 어머니들의 울음은 노인들의 헐떡이는 소리와, 순진한 사람들의 기도 소리와, 가스실로 가는 부모와 헤어지는 아이들의 공포에 찬 신음과 절규로 뒤엉켰어요.

18.
멈춘 열차
Les trains s'arrêtent

시간이 흐르고 또 흘러 열차는 달리기를 멈췄어요. 더 이상 열차가 달리지 않자, 머리를 빡빡 민 사람들을 모아 배달하는 일도 멈췄어요. 더 이상 열차도 없었고, 더 이상 머리도 없었어요. 그러나 사랑하는 아내의 남편이자 쌍둥이의 아버지였던 우리의 영웅, 갑자기 머리 깎는 일을 해야 했던 그는 배고픔과 병과 불행을 모두 이겨 냈지만 넋을 잃었어요.

생존자는 극히 드물었어요. 그의 주변에서 여전히 의식이 있는 사람들, 살아남은 자들이 중얼거렸어요.

"참아야 해. 참고 참고 또 참으면 곧 끝날 거야. 멀리서 집중 포격 소리가 벌써 들려."

동료 한 명이 그에게 귓속말을 했어요.

"붉은 군대가 도착한대요. 죽은 사람들 머리는 곧 그들의 장화로 더럽혀질 거요."

군인들이 들이닥치기를 기다리는 동안 그들은 구덩이를 팠어요. 눈이 오는데도 화장 가마 밑에 가득한 시체들을 태웠고, 죽은 자들의 머리를 묻기 위한 구덩이를 팠어요. 동시에 거대한 범죄 흔적에 대한 마지막 증거를 없애기 위해 황급히 파괴해야 했어요. 어제까지 가장 귀했던 머리카락을 이제는 모으지 않았어요. 더욱이 이미 포장된 머리카락은 이제 발송할 필요가 없었어요. 그것들은 쌓이고 버려졌어요. 구석에 쌓인 남자와 여자와 아이들 옷 무더기 사이로 안경들이 산더미처럼 쌓였어요. 그것들 역시 없애 버려야 했어요.

버리고 버리고 또 버리면 끝날 거예요. 그도 이제는 사라지고 싶고 정말로 끝내고 싶었어요. 밤 같은 낮이 미칠 것 같았어요. 눈 위에서 발을 구르며 미칠 것 같았어요. 땅을 파며 미쳐 갔어요. 더욱 끔찍한 것은 운명의 순간을 다시 기억하는 일이었어요. 아내의 품에서 쌍둥이 하나를 빼앗던 그 순간이 생생했어요. 눈 내리던 날, 열차에서 서둘렀던 순간이 끊임없이 떠올랐어요.

결국 자신을 불사르기 위한 구덩이를 파면서, 그는 눈 위에서 발을 구르고 또 굴렀어요. 왜, 왜, 무엇 때문에 이토록 슬픈 짓을, 이토록 비상식적인 짓을 해야 했을까? 왜 끝까지, 이 여행 끝까지 아내와 두 아이와 함께하지 못했을까? 함께 키우고, 넷이서 함께 소라 모양 연기가 되어 두껍고 어두운 연기로 하늘나라에 올라갔어야 했는데. 그는 갑자기 주저앉았어요. 동료 두 사람이 생존의 위험에도 불구하고 그를 막사 안으로 끌어들였어요. 연기 속에서 산 채로 던져지는 걸 막기 위해서였죠.

다시 정신이 들었을 때, 그는 막사 안 겹겹이 쌓인 몸들 사이에서 조금 편안해지는 걸 느꼈어요. 마침내 그는 죽음과 해방으로 가는 알맞은 장소를 찾은 거예요.

19.
나이팅게일의 노래

Le chant du rossignol

죽음은 그를 찾아오지 않았고, 붉은 별을 단 젊은 군인이 나타나 자유의 몸이 되었음을 알렸어요. 공포의 현장을 목격한 군인은 눈이 휘둥그레져 있었어요. 자신을 빤히 응시하고 있는 시체가 여전히 살아 있다는 걸 확인한 그는 손에 쥐고 있던 과자를 얼른 입 안에 털어 넣었어요. 그런 뒤 두 팔로 죽어 가는 사람들 더미에서 그를 빼내어 막사 앞에 내려놓았어요. 소생하는 봄날 태양 아래, 시체가 없는 땅 한 켠에요.

어제 눈이 내린 곳에도, 장화와 해골 장식 모자와 채찍이 있는 곳에도, 하얀 꽃들이 흐드러지게 피고 키 큰 풀들이 울창하게 자랐어요.

삶으로 되돌아가는 찬가를 목청껏 부르는 새들의 노랫소리가 들려왔어요. 그의 눈에서 그의 심장처럼 메말랐다고 생각했던 눈물이 솟구쳐 흘렀어요. 눈물은 그에게 다시 살아 있는 사람이 되었음을 환기시켰어요.

어떻게 하면 일어서서 걸을 힘을 되찾을 수 있을까요? 딸을 떠올리는 데 나이팅게일의 노래로 충분할까요? 알아볼 수 없겠지만, 아주 작고 사랑스러운 딸도 살아 있을까요? 만약 살아 있다면, 이제부터 아이를 되찾기 위해 모든 걸 다해야 할 의무가 있어요. 그리하여 그는 그들 앞을 지나쳐 똑바로 나아가는 붉은 군대를 뒤따르며 걷기 시작했어요. 쇠약해질 대로 쇠약해진 그는 성당 근처에서 쓰러졌어요. 한 신부가 그를 일으켜서 먹을 걸 주고 그를 위해 기도했어요. 그리고 그는 일어나 걷고 또 걸으며 다시 길을 떠났어요.

마침내 집결지라 불리는 수용소 근처에 도착했어요. 피난민들과 붉은 군대로부터 도망쳤으나, 번개같이 달려온 군인들에게 잡혀 끌려온 사람들이 많은 수용소였어요.

팔뚝에 문신으로 새겨진 숫자는 유령 같은 모습인 그에게 여권처럼 사용되었어요. 거기서 머무르며 식량 배급을 받

앉지요. 일단 배치를 받자, 운명의 순간과 열차, 눈, 숲, 솥, 늙은 여자, 그리고 실낱같은 희망까지 기억이 모두 되살아났어요. 그리고 무엇보다도, 그 무엇보다도 항상 그를 외면하던 아내의 눈길이 되살아났어요. 왜, 우리의 운명은 왜, 넷이 함께 죽도록 내버려 두지 않았을까?

가난한 여자 나무꾼은 화물 열차가 숲속을 더 이상 지나가지 않는다는 사실을 알아채지 못했어요. 눈에 띄게 자라고 살이 찌는 작은 화물의 재롱에 푹 빠져 있었기 때문이죠. 총을 지닌 얼굴 부상자의 자비로운 눈빛 아래서 아이는 거의 동생이 되어 버린 염소와 함께 끊임없이 웃고 노래하고 재잘거리고 춤을 추었어요.

가난한 여자 나무꾼은 길고 긴 삶을 살아오는 동안, 이런 행복을 누려 본 적이 없었어요. 총을 지닌 남자는 귀를 쫑긋 세우고 동쪽 방향을 살폈어요. 붉은 군대가 전진하고 있다는 걸 알았던 거예요. 그는 걱정되면서도 기뻤어요. 해골 문양 회녹색 군인들과 그 추종자와 앞잡이들이 두려웠던 것처럼 붉은 군대가 두렵고 불안했어요.

염소 치즈와 필요한 물품을 교환하기 위해 그는 일주일

에 한 번씩 숲에서 가까운 마을 한 곳을 들렀어요. 거기서 사람들은 희망을 품거나 후회하며 이 끔찍한 전쟁의 막바지를 말할 뿐이었지요. 곧 붉은 별 비행기가 회녹색 군대를 폭격했고, 교대로 집중 포격을 했어요. 비인간 사냥꾼들이 이젠 서쪽으로 숨거나 도망갔어요.

총을 지닌 얼굴 부상자는 자기 영역의 동쪽 땅으로 성큼성큼 걸어갔어요. 새로운 침입자들에게 주인으로서의 권리를 당당히 요구하겠노라 결심했거든요.

붉은 군인 둘이 숲속에 조심스럽게 들어왔어요. 총으로 무장한 남자를 발견하자, 그들은 바닥에 엎드려 경기관총을 쏘아 댔어요. 그런 뒤 군인 한 명이 조심스럽게 다가와서 발로 그의 몸을 뒤집었어요. 매력이라곤 찾을 수 없는 남자 얼굴을 확인하고는 이맛살을 찌푸리며 멸시하는 듯한 목소리로 결론을 내렸어요.

"늙고 못생겼어."

그와 동시에 바닥에 쓰러진 사람이 남자 하나뿐임을 확인했지요. 그들은 숲으로 들어가지 않고 숲을 돌아서 가는 붉은 별 군대에 합류하기 위해 다시 떠났어요.

걱정스러운 밤이 지나고 다음날 아침, 가난한 여자 나

무꾼은 얼굴을 다친 자비로운 남자가 쓰러져 있는 길 발견했어요. 그녀는 하염없이 울었어요. 작은 화물도 덩달아 울었어요. 다정한 눈빛의 염소도 울었어요. 땅에 묻을 수 없어 꽃가지로 몸을 덮은 뒤, 가난한 여자 나무꾼은 황급히 감사와 기원의 기도를 했어요.

아주 선한 이 사람이 이 땅에서 거부당했으나, 신들이 환영하는 그곳에서 마침내 평화와 행복을 누리게 하소서.

열차의 신들을 떠올렸으나 어떻게 말해야 할지 몰랐고, 신들에 대한 믿음 또한 더 이상 없었어요.

그녀는 깨달았어요. 아이가, 자신의 아이가 살아남은 것은 신들 덕분이 아니라는 것을요. 그건 열차에서 눈 위로 아이를 놓은 손과, 총과 염소를 가진 착한 남자 덕분이라는 것을요.

"그들에게 은총을 내리소서."

이렇게 마무리를 지었어요.

그녀는 누더기에 갓 만든 신선한 치즈를 싸서 그릇에 담았어요. 그리고 기도숄을 두른 뒤 아이 손을 잡고, 목줄을 맨 염소에게 당나귀처럼 짐을 지우고 걷기 시작했어요. 어디로 가야 할지 모른 채 해가 떠오르는 동쪽으로 곧장 걸어갔어요.

길을 가며 백 대가 넘는 탱크들과 붉은 별을 단 트럭들을 마주쳤어요. 폐허로 변한 마을들을 지나며 괜찮아 보이는 곳을 찾았어요. 마침내 한 폐허에서 발길을 멈추고 자리를 잡았어요. 그리고 아직도 멀쩡한 벽 아래에 기도숄을 펼치고 온전한 치즈 조각들을 올려놓고 단골들을 기다렸어요. 염소가 언덕바지에 남아 있는 풀을 뜯어먹는 동안 딸은 그녀의 무릎에 앉아서 놀았어요.

20.
치즈 파는 모녀

Une mère et une petite fille vendent du fromage

집결지라고 부르는 수용소에서 이전의 희생자들과 처형자들이 충돌했어요. 그 시대에 그렇게 부르지는 않았지만 '재건 운동'을 외치는 사람들이 있었고, 피난 군중 속에서 어울리려는 사람들이 있었어요.

　여기 있으면 안 돼! 떠나야 해. 도망가자! 그런데 어디로 가야 하지?

　이발사이자 의대생이었으며 아버지였던 우리의 영웅, 살아 있으나 그림자가 되어 버린 우리의 영웅은 스스로에게 물었어요. 경찰에게 붙잡힌 나라, 열차에 실려 떠나야 했던 그

나라로 돌아가야 할까요? 어디로 가야 하죠? 북쪽? 동쪽? 서쪽? 의학 연구를 계속 할 수 있을까요? 세상 사람들에게 머리를 아주 짧게 자르고 또 자르라고, 대머리 스타일을 강요하기 위해 이발소를 열어야 할까요? 안 돼요, 안 돼. 어쨌든 아무것도 모르는 채, 딸이, 아주 약하고 여린 딸이 어디에 있는지도 모른 채 이 지방을 떠날 수는 없어요.

아이 이름이 뭐였더라? 그가 아이에게 지어 준 이름이 뭐였더라? 뭐라고 불렀지요? 그는 이제 알 수 없었고, 딸 이름이 더 이상 기억나지 않았어요.

수용소를 떠나는 날, 그의 주머니에는 돈이 조금 있었어요. 떠나고자 하는 사람들에게 기관에서 여비를 조금씩 챙겨 주었거든요. 그들은 자신들이 쓰고 있던 막사를 비워야 했고 바닥도 치워야 했어요.

그는 걷고 걷고 또 걸었어요. 철길과 굽이진 숲, 눈 위에서 무릎을 꿇었던 늙은 여자를 찾기 위해 계속 걸었어요. 그리고 마침내 무성한 풀들 속에 방치된 철길을 찾았어요.

그는 철길을 따라갔어요. 숲을 지나고, 또 다른 숲을 가로지르고, 또 다른 숲을 지났어요. 이제 하얀 눈은 없었어요. 닮은 점이라고는 하나도 없는, 인사를 해도 대답조차 하지 않는 늙은 여자들을 마주쳤을 뿐이죠. 건초 더미에서 바늘 찾는 격이었어요. 그는 열차가 지나다니지 않는 철길을 포기하고 도시와 마을을 가로질러 가기 시작했어요. 여기저기 축제가 가득했어요. 그와 그의 가족을 제외하고 모든 사람들을 위해 전쟁은 끝났어요.

노래와 깃발들, 연설과 폭죽, 모든 광기와 기쁨이 혼자라는 사실만을 깨닫게 했어요. 그는 영원히 혼자일 것이고 혼자 애도해야 했어요. 인간애에 대한 애도를 짊어진 채, 모든 살육에 대해, 아내와 아이들 그리고 부모님에 대해 애도해야 해요. 그는 봉헌주와 환희로 가득 찬 세상에서, 구원과 맹세의 증인이 되어 도시와 마을을 유령처럼 가로질러 갔어요. 다시는, 다시는, 이런 일이 없어야 해!

그는 자신이 무엇을 찾고 있는지조차 알지 못했어요. 무작정 걸을 뿐이었어요. 걷다가 머리가 어지럽고 배가 고프다는 걸 깨달았어요. 그 모든 것에도 불구하고 배가 고팠어요.

작은 탁자 위에 있는 치즈, 아주 작은 치즈들을 본 그는 갑자기 치즈가 먹고 싶어졌어요. 아주 작은 치즈들이 잘 어울리지 않는 희한한 식탁보 위에 펼쳐져 있었어요. 식탁보는 금실과 은실로 짠 것 같았어요. 식탁보 위에 동전을 놓으려고 손을 올리는 순간, 문득 뭔가를 깨달은 그는 여자를 쳐다보았어요. 이상한 식탁보로 덮인 작은 탁자 뒤에 앉아 있는 그리 늙지 않은 여자를요.

여자는 무릎 위에 아이를 안고 있었어요. 둘은 치즈를 고르라는 듯 웃어 보였어요. 나이 든 여자는 그가 알아들을 수 없는 언어로 말을 했어요. 그녀가 먹어 보라고 권했으나 그의 눈은 여자아이한테만 향했어요. 아이도 먹어 보라고 눈짓 손짓을 하며 치즈 맛을 자랑하는 시늉을 했어요. 그리고 이 염소의 우유로 만든 치즈라고 말하려는 듯 옆에 있는 염소를 가리켰어요.

그는 곧바로 알아차리지 못했지만 본질은 이해했어요. 딸이었어요. 열차에서 던진 딸, 불구덩이에 바친 딸, 그가 구한 그의 딸이었어요.

고함 중에서도 극심한 고함과 기쁨, 걱정, 승리가 뒤범벅된 함성이 가슴속에서 울음이 되었으나 목에서는 아무런 소리도 나오지 않았어요. 그는 치즈를 집어 들고 아이를, 자신의 딸을 계속 쳐다보았어요. 아이가 살아 있어요. 아이가 살아 있어요. 아이는 행복하게 웃었어요. 그도 웃었어요. 그리고 아이 볼을 쓰다듬기 위해 떨리는 손을 내밀었어요. 아이는 그의 손을 잡고 웃음을 터뜨리기 전에 입술에 가져갔어요. 그는 황

급히 손을 뺐어요.

　그리고 당황해서 물러나며 나이 든 여자와 염소와 어린 여자아이를 계속 쳐다보았어요. 그의 눈은 치즈 장수와 그녀의 품에 안겨 있는 딸아이를 뚫어져라 쳐다보았어요.

　그 둘을 바라보며 행복을 나누는 그림 같은 모습을 자신의 눈동자에, 심장에, 영혼에 새겨 넣고 싶었어요. 자신의 존재를 알릴 필요가 있을까요? 무엇을 위해 아이의 안정을 깨죠? 자기 딸이라고 해서 어떻게 데려갈 수 있죠? 아무리 생각해도 백해무익했어요. 그는 몇 걸음 더 가다가 다시 멈추었어요. 그럼에도 해야만 한다면…… 그래야만 한다면……. 기쁨과 슬픔이 뒤섞인 채 초인적인 노력을 기울였지만 가슴이 찢어졌어요. 그는 성큼성큼 멀어져 갔어요.

　그는 죽음과 싸워 이겼고, 죽음에 대한 괴물 같은 산업 때문에 몹쓸 짓을 해서 딸을 구했어요. 그는 다시 되찾은, 결코 다시 잃어버릴 수 없는 딸을 마지막으로 쳐다볼 용기를 냈어요. 아이는 벌써 새로운 손님에게 작은 손을 내밀고 있었어요. 치즈를 만드는 귀여운 염소와 사랑스러운 엄마를 가리키며 칭찬하고 있었지요.

　이제 우리의 작은 화물 곁을 떠나야 할 시간이에요. 아이가 자신의 삶을 살아가도록 내버려 두어야 해요. 뭐라고요? 아이 친아버지가 어떻게 되었는지 알고 싶다고요? 많고 많은 소문들에 따르면, 그는 수천 명의 여자들과 남자들과 아이들, 그 자신과 아내와 두 아이가 경찰에게 잡힌 바로 그 나라로 돌아갔다고 해요. 그리고 의학 공부를 마치고 소아과 의사가 되어 다른 사람들의 아이들을 고치고 사랑하는 데 온 삶을 바쳤다고 해요.

　　작은 화물은 자라서 엘리트 중에서도 최고의 엘리트가 되었어요. 그녀는 붉은 스카프를 받았고 하얀 블라우스에 꽂는 붉은 별도 받았어요. 잡지 표지에 그녀의 사진이 실렸는데 얼굴이 환하게 빛났어요. 사진사의 요청대로 활짝 웃은 거예요.

　　남들도 말하고, 나도 이미 여러분에게 말했지만, 사람들은 너무나 많은 것을 이야기해요. 이 지역을 지나간 그 유명한 의사는 해마다 기념일이면 이곳을 방문했다고 해요. 아내와 아이 한 명, 그와 아내의 부모가 죽은 수용소에서 해방된 날마다요. 사람들은 그가 딸의 사진을 보고 자기 아내와 어머니를 닮았다고 생각했을 거라고 믿었어요. 게다가 그가 국가 잡지 『청춘과 기쁨』에 글을 썼다고들 해요. 치즈 상인이 된, 글도 모르는 가난한 여자 나무꾼이자 아주아주 가난한 여자의 딸이기 때문에 더욱 칭찬받는 영웅, 최고의 엘리트가 된 마리아 체콜로바에게 연락하기 위해서요.

아니에요. 아무것도 몰라요. 나도 쌍둥이 아버지의 시도가 성공했는지 실패했는지, 어떤 이야기도 듣지 못했어요. 아무도 몰라요. 마침내 그가 딸을 다시 찾았는지 못 찾았는지는 아무도 몰라요.

에필로그

Épilogue

자, 이제 여러분은 모든 이야기를 알아요. 뭐라고요? 아직도 궁금한 게 있다고요? 진짜 이야기인지 알고 싶다고요? 진짜 이야기라면요? 물론 아니에요. 전혀 아니에요.

　　전쟁 동안 화물을 급하게 배달하기 위해 대륙을 통과하는 화물 열차는 없었어요. 오, 얼마나 보관하기 어려운데요. 집결지, 강제수용소, 포로수용소, 처형소도 없었어요. 마지막 여행이라고 일컫는 연기로 흩어진 가족도 없고요. 밀어서 담고 포장해서 보내야 할 머리털도 없었어요. 불도, 재도, 눈물도 없었어요. 아무것도, 아무 일도 일어나지 않았어요. 아무것도 아닌 건 사실이 아니죠.

　　더 이상 가난한 여자 나무꾼도 가난한 남자 나무꾼도 없고, 더 이상 비인간들과 그들을 쫓는 사냥꾼들도 없어요. 아무것도 그 어느 것도 사실이 아니에요. 도시와 수용소의 해방도 없고 숲과 수용소도 존재하지 않았어요. 해방 후 뒤따르는 기간도 없었어요. 사라진 아이들을 찾으려는 아버지, 어머니 들의 고통도 없었어요. 금실과 은실로 가장자리를 수놓은 기도숄도, 염소를 가진 얼굴 부상자도, 모자 쓴 남자도 없었어요. 만약 그런 사람이 있다면, 하느님께 감사드려야죠! 모자 대신 배를 가른 두더지 모자를 쓴 남자도 없어요. 아무것도 그 어느 것도 사실이 아니에요. 비인간을 사냥하는 두 의용대원이 비참하게 박살나기 전에 두더지를 둘로 자른 도끼, 가난한 남자 나무꾼의 도끼 따위는 없었어요.

　　아무것도, 그 무엇도 사실이 아니에요.

　　단 하나의 사실, 진짜 진실은, 이 이야기 안에 존재하는 가치예요. 이야기 속에는 어떤 진실이 있어야 하니까요. 그렇지 않으면 뭐 하러 고생해서 이야기를 하겠어요. 단 하나의 사실, 진짜 진실은, 수송 열차의 창문으로 내던져진 어린 여자아이는 존재하지 않는다는 사실이에요. 사랑과 자포자기로, 금실과 은실로 수놓은 기도숄에 싸여 열차에서 던져져 눈 속에 버려진 아이는 존재하지 않아요. 애지중지할 아이가 없는 가난한 여자 나무꾼이 발 앞에 버려진 아기를 거두고, 먹이고, 더없이 사랑한 이야기는 존재하지 않아요. 그녀의 삶조차 존재하지 않아요.

　　실제 삶과 마찬가지로 이야기 속에 존재해야 할 유일한 가치는 바로 사랑이에요. 아이들을 향한 사랑, 내 아이뿐 아니라 다른 사람의 아이들에게도 베푸는 사랑요. 그 모든 것이 존재하든 존재하지 않든, 사랑은 삶을 이어 나가게 만드니까요.

부록

옮긴이의 말

진짜 이야기가 궁금한 이들을 위하여

45번 수송 열차가 남자와 여자와 아이들 778명을 태우고 드랑시를 떠난 날은 1942년 11월 11일이었습니다. 거기엔 아주 많은 노인과 장애인들이 있었는데, 그 가운데 시각 장애인이며 작가의 할아버지인 나프탈리 그럼베르그도 타고 있었습니다.

1945년 생존자는 단 둘이었습니다.

49번 수송 열차는 1943년 3월 2일 유대인 1,000명을 태웠습니다. 그 가운데 작가의 아버지 자카리 그럼베르그가 있었습니다. 또 1942년 3월 4일에 태어나 1943년 생일날 가스실에서 죽은 실비아 멘케스도 있었습니다.

1945년 생존자는 여성 둘 포함, 겨우 여섯 명이었습니다.

프랑스에서 강제 수용된 유대인들 목록이 알파벳 순서로 정리된 뒤, 1978년 세르주 클라스펠트에 의해 '프랑스 유대인 강제수용 추모의 벽'이 세워졌습니다. 강제 수용된 아이들과 가족들을 위한 지하 납골당 관리소도 만들었습니다.

이 작품은 아브라함과 하야 비젠펠트와 그들의 쌍둥이 페르낭드와 자닌의 기록에서 영감을 받았습니다. 쌍둥이는 1943년 11월 9일 파리에서 태어나 같은 해 12월 7일, 태어난 지 28일째 되던 날 드랑시를 떠나 64번 수송 열차에 실려 아우슈비츠 수용소로 보내졌습니다.

죽음에서 삶으로 향하는 이야기

2019년 여름 파리로 떠나기 전, 이 책을 처음 읽었습니다. 작가의 글쓰기 방식과 문체에 빨려들어 단번에 읽었고, 파리에 가면 이야기의 배경인 드랑시에 가 봐야겠다고 생각했습니다. 그러나 드랑시 쇼아 기념관은 공사 중이라 닫혀 있었고, 대신 파리 4구역에 있는 쇼아 기념관에 갔습니다. 유대인의 죽음을 상징하는 검은 대리석으로 된 별 앞에 "제례. 1944년 8월 17일 수송 열차"라고 적혀 있는 지하 납골당에서 더없이 숙연해졌던 기억이 아직도 생생합니다.

　장-클로드 그럼베르그는 홀로코스트 2세입니다. 작가는 아버지와 할아버지가 겪은 일을 독자들에게 어떻게 들려

줘야 했을까요?

이야기는 세 겹으로 되어 있습니다. 옛이야기 같은 가난한 나무꾼 부부의 이야기, 유대인 수용소로 끌려가는 쌍둥이 가족과 살아남은 아버지 이야기. 그리고 교차하는 이야기 속에 작가의 자전적 요소로 아버지 자카리 그럼베르그의 생전 흔적이 남아 있습니다.

작가의 아버지는 루마니아 출신의 이민자였고 유대인이었습니다. 파리 10구 샤브롤 거리에서 가족과 함께 살던 그는 프랑스 경찰들에 의해 드랑시 수용소로 강제로 잡혀갔고, 1943년 3월 2일 49번 수송 열차에 실려 아우슈비츠 수용소로 보내집니다. 그때 작가는 겨우 만 네 살이었습니다.

유대인이라는 사회적 낙인과 정체성, 아버지의 빈자리는 평생 상처로 남았고, 이러한 역사의 비극이 왜 일어났을까 하는 의문을 품었습니다. 비인간적인 역사는 어떻게 하면 인간적으로 극복될 수 있을까 평생 고민했습니다. 직접 경험하지 않았지만, 아버지와 할아버지가 경험한 역사의 비극과 그들의 부재 속에서 작가는 나이가 들면 들수록 아버지와 할아버지가 강제로 끌려가던 그 시간을 더욱 가깝게 느낀다고 어느 인터뷰에서 말했습니다.

부록에서 알 수 있듯이, 작가의 아버지가 강제 수용소로 보내진 해인 1943년 12월 7일, 파리에서 태어난 쌍둥이, 태어난 지 한 달도 안 된 쌍둥이가 유대인 수용소로 보내졌습니다. 이 사실을 유대인 강제수용 추모의 벽을 보고 알았을 때, 작가는 어떤 생각을 했을까요?

아버지와 할아버지처럼 죽어 간 어린 아기의 이름을 보고 작가는 상상의 글로나마 단 한 명의 아이라도 구출하고 살려내고 싶었을 것입니다. 그런 상상에서 이 이야기는 태어났습니다.

이 이야기에서 '비인간'이라고 옮긴 sans coeur[상 쾨르]는 직역하면 '심장이 없는'이란 뜻인데, 역설적으로 '백 개의 심장'을 뜻하는 cent coeurs[상 쾨르]로 들리기도 합니다. '비인간'으로 대상화된 사람들은 정작 비인간적인 '혐오'를 자행하는 사람들에 의해 죽어 갔습니다.

누군가를 적대시하는 언어는 바로 단어에 대한 정의를 성급하게 내립니다. 유대인을 '비인간'이라고 규정한 주체는 누구인가요? 인간을 대량 학살한 목적이 무엇이었을까요? 나치의 만행은 타인을 죽이고 재산을 빼앗는 파렴치한 자들의 모습이었습니다. 그러나 '행정'적 절차 속에서 '악'은 너무도 평범했습니다. 한나 아렌트가 정의했듯이 '악의 평범성'이 아무렇지 않게 인간을 물건 다루듯, 아니 그 이하의 취급을 했습니다.

작가가 에필로그에서 부정의 문장을 반복할수록 아이러니하게도 허구의 이야기가 깊은 울림으로 다가옵니다. 옛이야기처럼 상상 속에서나 펼쳐질 것 같은 이야기가 실제 현대사에서 일어났기에, 작가는 역사적 사실과 허구가 뒤섞인 방식으로 우리가 지켜야 할 진실이 무엇인지를 말합니다.

학살당한 유대인을 생각할 때, 우리의 영원한 청년 시인 윤동주를 비롯해 일본에 의해 생체실험 대상이 되고 학살당한 조선인들이 겹쳐 떠오릅니다. 제주도 4·3항쟁 때, 광주 5·18 민주화 운동 때 폭도로 몰려 무참히 죽어 간 분들도 생각납니다. 우리 역사 속에서 죄 없이 죽어 간 수많은 희생자들을 애도합니다. 슬픈 역사에도 불구하고 우리 삶은, 우리 세상은 살아남은 자들의 사랑으로 지속될 것입니다.

2021년 여름, 김시아

지은이 **장-클로드 그럼베르그**

Jean-Claude Grumberg

현대 프랑스 연극계에서 빼놓을 수 없는 인물로, 30여 편의 희곡을 쓴 희곡 작가이며 텔레비전과 영화 시나리오 작가로 활동하고 있다. 1999년 작가의 모든 작품에 수여하는 SACD(극예술작가·작곡가협회) 대상을 받았으며, 희곡 「드뢰피스」 「아틀리에」 「자유구역」 들로 비평협회상, 연극기쁨상, 파리시 그랑프리, 몰리에르 상, 아카데미 프랑세즈 희곡상 들을 받았다.

홀로코스트의 비극을 다룬 이 책은 유대인이라는 작가의 정체성과 희곡 작가라는 경력이 결합하여 독특한 내용과 형식으로 펼쳐진다. 출간되자마자 열렬한 호평을 받으며 일본, 영국, 러시아, 이탈리아 등 10개 언어로 수출되었으며. 프랑스 문인협회 대상, 프랑스 서점상 심사위원 특별상 등 많은 상을 받았다.

옮긴이 **김시아**

Sun nyeo Kim

나이 서른에 아이 둘을 데리고 프랑스로 유학을 갔다. 스트라스부르 대학교에서 프랑스 현대문학으로 학사와 석사 학위를 받았고, 파리 3대학에서 「토미 웅게러의 그림책 시학」 으로 박사 학위를 받았다. 아이들을 돌보며 공부하느라 17년이 걸렸는데, 귀국하여 한국에 살다 보니 17일 동안 유럽 여행을 한 듯 꿈같은 세월이다. 프랑스어를 잊지 않기 위해 프랑스 문학을 우리말로 옮기며 우리말을 더욱 고민하고 배운다. 옮긴 책으로 『기계일까 동물일까』『아델라이드』『에밀리와 괴물이빨』들이 있다.

청소년 북카페 02
세상에서 가장 귀한 화물

1판 1쇄 펴낸날 2021년 7월 30일
1판 3쇄 펴낸날 2022년 6월 30일

글쓴이 장-클로드 그럼베르그 | 옮긴이 김시아
편집 최영옥 | 디자인 로우스튜디오 | 펴낸이 조영준 | 펴낸곳 여유당출판사
출판등록 제2021-000090호 | 주소 경기도 고양시 일산동구 호수로 662, 1322호
전화 02-326-2345 전송 02-6280-4563 전자우편 yybooks@hanmail.net
블로그 http://blog.naver.com/yeoyoubooks
인스타그램 www.instagram.com/yeoyoudang

ISBN 978-89-92351-99-7 43860